고주몽 −고구려를 세우다

서연비람은 조선 시대 왕궁 내, 강론의 자리였던 서연(書筵)에서 강관(講官)이 왕세자에게 가르치던 경전의 요지를 수집하여 기록한 책(비람備覽)을 말합니다. 서연비람 출판사는 민주주의 국가의 주인인 시민들 역시 지속 가능한 과거와 현재, 미래의 이치를 깨우치고 체현해야 한다는 믿음으로 엄선한 도서를 발간합니다.

역사와 문학 비람북스 인물 시리즈

고주몽 –고구려를 세우다

초판 1쇄 2022년 03월 15일
지은이 박선욱
편집주간 김종성
편집장 이상기
펴낸이 윤진성
펴낸곳 서연비람
등록 2016년 6월 29일 제 2016-000147호
주소 서울시 강남구 도곡로 422, 5층
전자주소 birambooks@daum.net

ⓒ 박선욱 2022, Printed in Korea.

ISBN 979-11-89171-40-7 44810
ISBN 979-11-89171-26-1 (세트)

값 9,800원

역사와 문학

비람북스 인물시리즈

고구려를 세우다

고주몽

박선욱 지음

차례

머리말   7

제1장 해모수와 유화 부인   11
제2장 주몽과 예진 낭자   35
제3장 부여를 떠나다   54
제4장 졸본부여 땅에서 고구려를 세우다   78
제5장 비류국 송양왕과의 대결   101
제6장 동강 난 칼을 찾은 유리   122

소설 고주몽 해설   147
고주몽 연보   159
소설 고주몽을 전후한 고구려 연표   161

머리말

  꿈이 있는 사람은 누구인가. 그는 마음속으로 품은 세계가 넓고도 깊은 사람이다. 고구려의 시조가 된 고주몽이 바로 그런 사람이었다. 그는 천제의 아들인 해모수의 후손으로 태어났지만 동부여의 금와왕과 대소 태자 등으로부터 핍박을 받으며 성장했다. 하지만 하백의 딸이자 어머니인 유화 부인으로부터 지혜를 얻고, 어릴 적부터 고락을 같이한 오이·마리·협보 등 세 친구의 도움을 받아 새 나라를 세워나가는 데 성공했다.

  우리나라 고대사에서 가장 광활한 영토를 확보하였던 고구려 건국에 대한 기록은 「광개토왕릉비문」, 「모두루묘지명문」, 『삼국사기』, 『동명왕편』, 『삼국유사』 등에 보인다. 「광개토왕릉비문」의 서두에 "옛날 시조 추모왕이 기업을 창건하시었도다. 북부여에서 나오셨으며 천제의 아들이시고, 어머니는 하백의 따님이시다. 알을 가르고 사람으로 태어나셨으며 태어나시면서부터 성스러움을 지니고 있었다."라고 기록되어 있다. 추모왕, 즉 주몽이 하늘의 주재자인 천제의 아들이고 하백의 딸을 어머니로 하고 있다는 것을 밝히고 있다. 그리고 『삼국사기』에는 고구려는 주몽이 압록강의 물줄기인 동가강(佟佳江, 지금의 훈강) 유역 졸본에 서기전 37년 건국한 나라로 기록되어 있다.

우리나라 고대사의 첫 장을 장식하는 고조선과 부여, 고구려는 광활한 만주 지역을 근거지로 삼은 예맥족의 터전이었다. 활을 잘 쏘는 민족, 인간의 도리를 잘 지키며 예악에 밝은 민족, 겨레붙이에 대한 믿음이 강하며 의리를 지키는 민족이 바로 우리 겨레의 특징이다.

고조선 건국설화에 등장하는 홍익인간은 우리 고조선의 건국이념일 뿐만 아니라 오늘날에도 뜻이 통하는 이념이다. '널리 인간세계를 이롭게 한다'는 홍익인간의 이념은 지금 이 순간까지도 변치 않고 뚜렷하게 맥을 이어가고 있다.

졸본부여 연타발 왕의 부마가 되어 고구려를 개국하기까지 고주몽에게는 생사를 넘나드는 험난한 순간이 있었다. 고난이 닥칠 때마다 그가 의지했던 것은 홍익인간의 이념이었다.

『고주몽: 고구려를 세우다』를 읽다 보면 고주몽이 쏜 화살을 따라서, 우리 고대사의 광활한 세계 속으로 한 걸음

성큼 들어가는 문을 만날 수 있을 것이다.

2022년 2월
고봉산 자락 아래에서 박선욱

제1장 해모수와 유화 부인

 지금으로부터 약 2천 년 전인 서기전 2세기경, 만주 송화강1 유역에 자리 잡은 부여라는 나라가 있었다. 백성들은 드넓은 땅에서 농사를 지으며 평화롭게 살아가고 있었다. 하지만, 부여2의 왕 해부루는 걱정이 많았다. 그에게는 나이 마흔에 이르도록 아들이 없었기 때문이었다.

 "폐하! 아들을 보내 달라고 하루속히 산천에 제사를 드려야 하옵니다."

 국상3 아란불은 해부루에게 아뢰었다. 해부루는 아란불의 건의를 받아들여 곧 산천에 제사를 지냈다.

 "천지신명4이시여! 부여의 앞날을 이어갈 아들을 보내

---

1 송화강(松花江): 중국 동북의 길림 · 흑룡강 두 성을 관류하는 하천. 백두산의 천지에서 발원하여 북서쪽으로 흐른다.
2 부여(夫餘): 서기전 2세기경부터 494년까지 북만주 지역에 존속했던 예맥족(濊貊族)의 국가.
3 국상(國相): 고구려 초기의 최고 관직.
4 천지신명(天地神明): 천지의 조화를 주재하는 온갖 신령.

주소서!"

제사 의식이 끝난 뒤, 해부루는 신하들을 거느리고 궁성 가까운 곳에 위치한 산으로 사냥을 떠났다. 사냥감을 찾아 앞으로 나아갈 때, 흰 노루 한 마리가 나무 사이로 휙 지나갔다. 해부루는 얼른 활을 쏘았다. 깜짝 놀란 노루는 바위를 훌쩍 뛰어넘더니, 울창한 숲속으로 냉큼 도망가 버렸다.

"흰 노루는 예로부터 상서로운 짐승이라 했거늘, 놓칠 수야 없지. 여봐라! 모두들 저 노루를 쫓아가자!"

"알겠사옵니다."

해부루는 신하들에게 명령한 뒤, 자신도 말을 몰아 숲속으로 깊이 들어갔다. 한참을 달려 곤연5에 이르렀을 무렵, 흰 노루는 감쪽같이 사라지고 없었다.

"어라? 이 녀석이 어디로 갔지?"

"대왕마마. 노루가 연기처럼 사라졌사옵니다."

해부루를 비롯한 신하들과 병졸들이 사방을 두리번거렸다. 바로 그때, 해부루가 탄 말이 큰 돌 앞에서 눈물을 흘리

---

5 곤연(鯤淵): 고구려 건국 신화에 나오는 큰 못.

는 게 아닌가.

"괴이한 일이로다. 내가 탄 말이 어찌 저 돌 앞에서 눈물을 흘리는 것이냐? 여봐라! 저 돌을 옮겨 보아라!"

"예, 대왕마마."

신하들이 큰 돌을 치우려 했지만 꼼짝도 하지 않았다. 나중에는 열 명의 신하들이 한데 모여 힘을 썼지만 결과는 마찬가지였다.

"비켜라. 내가 밀어 봐야겠다."

해부루가 신하들 앞으로 나가서 힘을 썼다. 그러자, 여태 꼼짝도 않던 바윗돌이 살며시 밀려났다.

"아니?"

모두가 바윗돌 아래 움푹 팬 곳을 쳐다보았다. 그곳에 금빛으로 빛나는 아이가 있었던 것이다. 해부루는 말에서 내려 아이를 끌어안았다.

"뾰족한 작은 머리에 굵은 목을 한 아이, 마치 개구리 같사옵니다."

국상 아란불6이 놀란 눈으로 쳐다보며 말했다.

---

6 아란불(阿蘭弗): 고구려 건국설화에 나오는 북부여의 관리.

"그렇군. 금빛 개구리를 딱 닮았구려. 오, 이 아이는 분명 하늘이 주신 선물이로다!"

궁궐로 돌아온 해부루는 아이의 이름을 금와7라 지었다. 금와가 자라서 어른이 된 뒤, 해부루는 신하들을 모아놓고 발표를 했다.

"금와를 태자로 삼겠노라."

어느 날, 국상 아란불이 꿈을 꾸었다. 꿈에 천제8가 내려와 우렁우렁한 목소리로 명령했다.

"장차 이곳에 나의 아들이 직접 나라를 세워 다스리게 할 것이다. 너희는 즉시 동쪽 바닷가의 가섭원9으로 떠나야 한다. 가섭원은 땅이 기름지고 오곡이 잘 자라니, 도읍10으로서 충분한 곳이다."

이튿날, 아란불은 궁궐에서 해부루에게 꿈 이야기를 하며 도읍을 옮겨야 한다고 아뢰었다.

"아란불! 정말 천제께서 그리 명령하셨소?"

---

7 금와(金蛙): 금빛 개구리라는 뜻. 훗날 동부여의 태자를 거쳐 왕이 된다.
8 천제(天帝): 초자연적이고 불가사의한 능력으로 하늘을 다스린다고 하는 신.
9 가섭원(迦葉原): 해부루가 건국한 동부여의 수도.
10 도읍(都邑): 서울. 한 나라의 중앙 정부가 있는 곳, 수도.

"그러하옵니다, 폐하."

해부루는 곧 천제의 명령에 따라 동쪽 바닷가의 가섭원
으로 도읍을 옮겼다. 해부루는 그곳을 동부여라 불렀다.

도읍을 옮기는 일에 힘을 쏟다 보니, 해부루는 어느덧 건
강에 이상이 오게 되었다. 가섭원에 궁성을 세우고 얼마 되
지 않아, 해부루는 기어이 몸져눕게 되었다.

"이제부터 태자가 우리 동부여를 잘 다스려다오."

해부루는 금와의 손을 꼭 잡고 마지막 부탁을 한 뒤, 세
상을 떠났다. 해부루가 죽자 곧이어 금와가 왕위에 올랐다.

한편, 천제는 아들 해모수11를 본디 해부루가 다스리던
옛 도읍지에 내려보내어 땅을 다스리게 했다. 이때, 오룡
거12를 탄 해모수는 흰 고니13를 탄 백여 명의 신하들을 거
느리고 하늘에서 내려왔다. 그들이 땅으로 내려올 때 오색
구름이 하늘에 걸렸고 아름다운 음악 소리가 구름 속에서
들려왔다.

---

11 해모수(解慕漱): 천왕랑(天王郎). 전설상의 부여 시조.
12 오룡거(五龍車): 다섯 마리의 용이 끄는 수레.
13 고니: 오릿과의 대형 물새. 몸이 크고 온몸은 순백색이며(검정색도 있음), 눈앞
   쪽에는 노란 피부가 드러나 있고 다리는 검다. 백조 또는 흑조(검은 고니)로
   불린다.

웅심산14에 머물러 있던 해모수는 십 여일이 지난 뒤에
야 비로소 땅으로 내려왔다. 머리에 까마귀 깃으로 꾸민 왕
관을 쓰고 허리에 용의 광채가 빛나는 검을 찬 해모수의 모
습은 떠오르는 해처럼 찬란했다. 아침부터 나랏일을 돌보
다가 저녁이면 하늘로 올라가는 해모수를 두고 세상에서는
천왕랑15이라 불렀다. 해모수가 다스리는 나라를 북부여16
라 불렸다.

어느 날, 금와왕17은 신하들을 데리고 태백산 남쪽의 우
발수18에 나들이를 갔다. 금와왕은 넓은 바위 위에 자리를
펴고 앉았다. 구름 위로 솟아오른 태백산의 여러 봉우리들
은 그림처럼 아름다웠다. 눈앞에서 굽이쳐 흐르는 강물은
이 세상의 경치가 아닌 듯했다. 흐뭇한 눈길로 이 광경을
바라보고 있을 때, 강가 저쪽에서 떠들썩한 소리가 들렸
다.

---

14 웅심산(熊心山): 고구려 건국 신화에 나오는 산.
15 천왕랑(天王郎): 천제의 아들이라는 뜻.
16 북부여(北夫餘): 부여의 다른 이름.
17 금와왕(金蛙王): 부여의 왕으로 성은 해(解), 이름은 금와(金蛙)이다.
18 우발수(優渤水): 「주몽신화」에 나오는 못[澤]의 이름.

"어허, 모처럼 경치 감상을 하는데, 누가 흥을 깨는가?"

금와왕이 화를 내자, 신하들이 급히 강가에 가서 어부를 데리고 왔다.

"너는 누구냐?"

금와왕이 물었다.

"소인은 강력부추라 하옵니다. 이곳 어부들이 저 물속에 사는 어떤 괴물을 건지느라 수선을 떨었던 것이옵니다."

"물속에 괴물이 산다고?"

"그러하옵니다. 돌 밑에 사는 그 괴물은 어부들이 잡아 놓은 고기를 눈 깜짝할 사이에 먹고는 사라지곤 했사옵니다. 그래서 지금 어부들이 괴물을 잡기 위해 그물을 던졌는데, 괴물은 순식간에 그물을 찢고는 달아나고 말았사옵니다."

강력부추의 말을 들은 금와왕은 호기심이 생겼다.

"그렇다면 쇠그물을 던져서 꼭 잡아 오너라."

"알겠사옵니다."

금와왕의 명령이 내려진 뒤, 강력부추를 비롯한 마을 어부들은 결국 괴물을 붙잡아 금와왕에게 바쳤다.

"아니, 저것은?"

금와왕은 깜짝 놀랐다. 마을 어부들이 붙잡아온 것은 괴물이 아니라 사람이었다. 그것도 매우 아름다운 여인의 모습이었다. 다만, 입술이 너무나 길어서 괴물로 보였던 것이다. 금와왕은 여인에게 몇 마디를 물었지만 대답을 못하고 눈물만 뚝뚝 흘리고 있었다.

"여봐라. 저 여인의 입술을 베어라."

병졸이 임금의 명령대로 입술을 베었다. 하지만 워낙 길어서 세 번이나 베어낸 뒤에야 말을 하게 되었다.

"너는 어디 사는 누구냐?"

"소녀는 물의 신 하백[19]의 맏딸 유화[20]라 하옵니다."

금와왕의 질문을 받은 유화는 자신이 겪은 이야기를 하기 시작했다.

"웅심산 아래쪽 압록강 일대는 제 아버지 하백이 다스리는 지역이옵니다. 저는 그곳에 살고 있습니다."

유화가 털어놓은 이야기는 다음과 같았다. 하백에게는 세 딸이 있었다. 맏딸은 유화, 둘째 딸은 훤화, 셋째 딸은 위화였다.

어느 여름날, 유화를 비롯한 자매들은 압록강 위쪽에 있

---

19 하백(河伯): 고구려의 시조 주몽(朱蒙)의 외할아버지.
20 유화(柳花): 고구려 시조인 동명왕 주몽의 어머니.

는 웅심연21 연못에 놀러 갔다.

"우리, 여기 들어가서 더위를 식히자."

"그래, 언니."

맏언니인 유화의 말에 자매들은 옷을 훌훌 벗고 웅심연에 들어가 놀았다. 그때, 북부여의 왕 해모수가 신하들을 거느리고 연못가로 오고 있었다. 수레를 타고 오며 먼발치에서 이 광경을 보게 된 해모수는 신하들에게 말했다.

"수레를 멈춰라. 이토록 아리따운 여인들이 땅 위의 나라에 있었다니, 참으로 놀랍구나."

세 자매는 해모수가 지켜보고 있다는 사실도 모르고 여전히 자맥질을 하거나 물장구를 치며 즐거워했다. 그녀들이 움직일 때마다 팔찌와 목걸이 따위가 서로 부딪혀 맑은 소리를 냈다. 마치 하늘에서 내려온 여신처럼 곱고 빛나는 모습에 눈이 부실 지경이었다.

"저 여인들이 누구인고?"

"이 지역을 다스리는 하백의 딸들입니다."

해모수의 물음에 신하가 대답했다.

---

21 웅심연(熊心淵): 「주몽설화」에서 해모수가 유화를 만난 곳.

"무어라 표현할 수 없을 만큼 아름답구나. 더 가까이 가 보자,"

수레가 연못 가까이 다가오자, 그제야 낯선 사람들을 발견한 세 자매는 비명을 질렀다.

"어머나!"

세 자매는 부끄러워서 물속으로 들어가 버렸다. 해모수가 가만히 있자, 옆에 서 있던 신하가 아뢰었다.

"대왕마마. 저 여인들이 마음에 드시옵니까? 그렇다면 궁궐을 지어 모셔야 하지 않겠사옵니까?"

"좋은 생각이다. 하잇!"

해모수는 기합 소리를 넣으며 말채찍으로 땅을 그었다. 그러자, 순식간에 멋진 궁궐이 나타났다.

"어서 저 여인들을 모셔 와라."

해모수가 신하에게 명을 내렸다. 신하는 물속에 들어간 세 여인을 향해 정중한 어조로 말했다.

"우리 대왕마마께옵서 그대들을 궁궐로 모셔오라 하니, 속히 나오시오."

신하의 말을 들은 세 자매는 물속에서 나와 옷을 입고 궁궐로 들어갔다. 신하는 자매들이 옷을 입는 동안 몸을 틀어 먼 산을 바라보고 있었다. 궁궐로 들어간 세 자매는 어느

우아한 방으로 안내되었다. 꽃으로 꾸며진 그 방에는 향기로운 술과 좋은 안주가 놓여 있었다.

"어서 오시구려."

해모수는 방석 위에 앉은 세 자매에게 술을 권했다.

"고맙습니다."

"나는 북부여의 왕 해모수라 하오. 그대들의 이름이 궁금하구려."

"저는 하백의 맏딸 유화이옵니다. 이쪽은 제 아우인 훤화, 위화이옵니다."

"오호! 이름자를 풀어 보니 버들꽃, 원추리꽃, 갈대꽃 아가씨들이로군요. 좋소, 좋아요. 이름처럼 아름다운 공주님들. 하하하."

해모수는 기분 좋게 웃으며 유화에게 자꾸 술을 권했다. 처음부터 유화에게 마음이 이끌렸던 까닭이었다. 유화도 그 술을 마다하지 않고 잘도 마셨다. 해모수가 유화에게만 바싹 붙어 다정하게 굴자, 훤화와 위화는 토라져서 일어나고 말았다.

"대왕께서 언니만 바라보고 계시니, 우린 이쯤에서 일어나야겠어."

그리고는 아버지 하백이 사는 궁궐로 돌아가 버렸다.

"그대는 어찌하여 이토록 아름답소? 내 마음을 단숨에 사로잡고 말았구려."

그날 저녁, 해모수는 비단이 길게 드리워진 침실에서 유화를 아내로 맞이했다. 두 사람만의 달콤한 신혼 첫날밤이었다.

다음날, 훤화와 위화는 하백에게 간밤의 일을 일러바쳤다.

"아바마마. 어젯밤에 언니가 북부여 해모수 대왕의 아내가 되었어요."

"뭣이? 어찌 내 허락도 없이 혼인을 한단 말이냐?"

하백은 금쪽같은 맏딸을 희롱22했다며 벌컥 화를 냈다. 궁전이 쿵쿵 울릴 정도로 발을 구르며 화를 내던 하백은 신하에게 명령을 내렸다.

"여봐라. 지금 당장 해모수에게 가서 내 말을 전해라. 너는 어떤 사람인데 나의 딸을 붙잡고 있는가, 하고 말이다."

사신은 곧 해모수에게 가서 하백의 명령을 전했다. 그러자 해모수가 호탕하게 웃으며 이렇게 말했다.

---

22 희롱(戲弄): 말·행동으로 실없이 놀리는 짓.

"너의 왕께 가서 전해라. 나는 천제의 아들 해모수다. 내가 너의 왕 하백에게 유화 공주님과의 결혼을 정중히 청하노라."

하백은 다시 사신을 시켜 해모수에게 호통을 쳤다.

"천제의 아들이라면 마땅히 중매23를 보내야 하지 않겠는가?"

사신의 말을 전달받은 해모수는 순간, 부끄러운 마음이 들어 유화를 보내고자 했다.

"부인. 당신 아버지께서 저토록 역정을 내시니, 참으로 난처하오. 당신이 살던 궁궐로 돌아가야 하지 않겠소?"

이 말을 들은 유화는 모질게 거절했다. 하룻밤 사이에 이미 해모수와 깊은 정이 든 까닭이었다.

"그럴 수 없어요. 이제 저는 해모수 님의 아내예요. 가더라도 저와 함께 가요. 오룡거를 타고 가면 금세 도착할 수 있을 거예요."

"그렇게 합시다. 오룡거야, 이리 오너라!"

해모수가 하늘을 가리켜 명하니, 공중에서 다섯 마리의

---

23 중매(仲媒): 결혼이 이루어지도록 중간에서 소개하는 일. 또는 그런 사람.

용이 이끄는 수레가 내려왔다.

"탑시다."

해모수와 유화가 수레에 올랐다. 문득, 바람과 구름이 자욱하게 일어나는가 싶더니, 순식간에 하백이 거처하는 물속의 궁궐에 이르렀다.

"오! 하늘에서 내려오는 내 사위와 딸이로다. 허허허."

하백은 언제 노발대발했냐는 듯 너털웃음을 웃으며 해모수와 유화를 맞이했다. 두 사람이 자리에 앉자, 하백이 해모수를 향해 말했다.

"혼인이란 예를 갖추어 치러야 하거늘, 그대는 어찌 우리 왕실과 가문을 욕되게 하였소? 해모수 왕은 천제의 아들이라 들었소. 그렇다면 무슨 특별한 힘이 있소?"

하백이 말을 끝내자, 해모수가 빙긋 웃으며 답했다.

"하백 왕께서 이 몸을 한 번 시험해 보시오."

"좋소. 이얏!"

하백이 기합을 넣자, 곧 잉어가 되어 뜰 앞의 연못으로 들어가 놀았다.

"으핫!"

해모수는 기합 소리와 더불어 수달로 변하더니 잉어를 잡으려 했다. 깜짝 놀란 하백이 사슴으로 변해 달아나자,

해모수는 금세 늑대가 되어 쫓았다. 하백이 급히 꿩으로 변하니 해모수는 얼른 매로 변신하여 꿩을 쳤다.

"그만, 그만. 해모수, 그대는 천제의 아들이 분명하구려."

도술 대결에서 패하여 다시 본 모습으로 돌아온 하백이 가쁜 숨을 몰아쉬며 손사래를 쳤다. 해모수가 천제의 아들임을 확인하게 된 하백은, 한편으로는 불안한 마음이 들었다.

'예를 갖추어 예식을 올린다고 쳐도, 정작 혼인만 해놓고 저놈이 내 딸을 데려가지 않으면 어쩐다? 그렇게 되면 안 되지. 안 되고말고.'

혼자 중얼거리던 하백은 떠들썩한 잔치를 베풀었다.

"자, 마시게나, 사위."

하백은 해모수를 잔뜩 취하게 했다. 그런 다음, 가죽 가마에 해모수와 유화를 타게 하고서 단단히 앞뒤를 틀어막은 뒤, 용이 끄는 수레에 태워 하늘로 올려보내고자 했다. 그때, 물 밖으로 나오기도 전에 술에서 깬 해모수는 뭔가 잘못되고 있음을 느꼈다.

"아니? 장인24께서 우리를 이대로 하늘나라로 보낼 셈이

---

24 장인(丈人): 아내의 아버지를 이르는 말.

었던 건가? 여보, 비녀 좀 빌립시다."

해모수는 아내 유화의 머리에 꽂힌 황금 비녀를 빼서 가죽 가마를 찔렀다.

"미안하오, 부인."

가죽 가마에 틈이 생기자, 해모수는 그 구멍으로 빠져나와 곧장 하늘로 올라갔다.

"여보, 해모수 님!"

홀로 남은 유화는 애타게 해모수를 불러보았으나, 해모수는 이내 사라지고 없었다.

"이럴 수가! 설마 했는데, 이놈이 정말 내 딸을 버려두고 혼자만 갔어!"

하백은 허탈한 마음과 노여움이 한데 뒤섞여 분노를 터뜨렸다.

"너는 우리 왕실과 가문에 먹칠을 했다. 용서할 수 없어! 우발수로 귀양 보내야겠다."

하백의 명령에 따라 병졸들이 유화의 입을 잡아 늘였다. 얼마나 세게 잡아 늘였는지, 형벌을 받은 유화의 입술은 길이가 삼 척25이나 되게 늘어났다. 하백은 시녀 둘을 딸려서 유화를 우발수 가운데로 귀양을 보냈다. 유화는 입술이 늘어난 까닭에 말을 못하게 되었다. 먹을 게 떨어지자 어부들이 잡은 고기를 몰래 훔쳐 먹으면서 살았다. 그렇게 지내오다가 금와왕에게 발견된 것이다.

유화의 말을 다 들은 금와왕은 신하들에게 명령했다.

"저 여인을 궁궐로 데려가자."

"예, 폐하."

유화를 처음 발견했을 때, 금와왕은 그 아름다움에 사로잡히고 말았다. 병졸을 시켜 입술을 세 번이나 잘라준 뒤에 드러난 그 빼어난 아름다움은 이 세상 사람의 것이 아닌 듯싶었다. 유화의 본디 모습을 본 순간, 황홀한 마음이 들 정도였다.

"폐하. 저 여인은 한동안 어부의 고기를 훔쳐 먹고 괴물로 불렸던 적이 있는지라, 조심해야 합니다. 어두운 골방에 가두소서."

궁궐로 돌아오자마자 국상 아란불이 아뢰었다. 유화에게 반했던 금와왕이 행여 별궁26이라도 지어 줄까 염려스러웠던 것이다. 아란불의 말에 속마음을 들킨 금와왕은 헛기침을 했다.

---

25 척(尺): 길이를 재는 단위. 1척은 약 30.3cm. 3척은 약 90.9cm.
26 별궁(別宮): 왕이나 왕세자의 혼례 때 왕비나 세자빈을 맞아들이던 궁전.

"저 여인에게 거처를 마련해 주어라."

금와왕은 시녀들에게 명령했다. 시녀들은 유화를 궁궐의 안쪽에 있는 한 방으로 안내했다. 아담하면서도 깨끗한 방이었다.

'으음. 부모 허락도 받지 않고 해모수의 아내가 되었다가 끝내 아버지 하백에게서 쫓겨난 여인이라……. 영 신경 쓰이는군.'

금와왕도 마음 한편으로는 이 점이 못마땅했다. 더구나, 해모수는 북부여의 왕이 아닌가? 자신이 다스리던 북부여를 해모수가 차지하고 있다는 생각을 하자, 노여움과 질투심을 버무린 듯한 묘한 감정이 솟구치기도 했다. 하지만, 이미 유화를 마음속 깊이 새겨두고 있는 그로서는 그녀를 궁성 밖으로 쫓아 보내고 싶지도 않았다.

"이상도 하지? 날도 흐린데 웬 햇빛이람?"

유화는 고개를 갸웃거렸다. 그 방에 들어온 뒤부터 화창한 날이건 궂은날이건 관계없이 햇빛이 비쳐 들어오는 것이었다. 햇빛은 마치 그녀를 위로하듯이 머리 위로, 어깨 위로, 팔과 다리 위로 쏟아져 내렸다.

"에잇! 저리 가!"

이상스레 여긴 유화는 더 구석진 곳으로 숨었다. 그런데,

햇빛은 그 구석진 곳까지 따라와 목덜미에서부터 가슴과 아랫배를 어루만져 주었고, 다리 속으로 머리칼 속으로 겨드랑이 속으로 부드럽게 물결치듯이 쓰다듬어 주었다.

"아아, 이게 어찌 된 일이지? 내가 아이를 배게 된 건가?"

얼마 후, 유화는 뱃속에서 아기가 뛰노는 것을 느꼈다. 유화의 배는 점점 불러오더니 남산만 해졌다. 몇 달 후, 유화는 드디어 출산을 했다.

"에구머니!"

유화는 까무러칠 만큼 놀랐다. 아기가 있어야 할 자리에 커다란 알이 하나 놓여 있었던 것이다.

"대왕마마. 큰일 났사옵니다. 유화 부인께서 커, 커다란 알을 낳았사옵니다."

"뭣이? 그게 정말이냐?"

시녀들에게서 이 사실을 전해 듣게 된 금와왕은 자리를 박차고 일어났다. 그는 곧장 유화가 머무는 방으로 들이닥쳤다. 유화 앞에는 정말 닷 되[27]들이[28] 정도 되는 커다란

---

27 되: 부피의 단위. 곡식, 가루, 액체 따위의 부피를 잴 때 쓴다. 한 되는 한 말의 10분의 1, 한 홉의 열 배로 약 1.8리터에 해당한다. 닷 되는 약 9리터.
28 들이: 주전자나 물병과 같은 그릇의 안쪽 공간의 크기.

알이 있었다. 이 장면을 본 금와왕은 꺼림칙한 마음이 들어 신하들에게 명령했다.

"어떻게 이런 일이 있을 수 있는가? 사람이 알을 낳다니! 여봐라. 이 알을 당장 내다 버려라."

신하들이 그 알을 돼지우리 속으로 던졌다. 돼지들은 알을 짓밟지 않았다. 오히려 입김을 불어 따뜻하게 해주었다. 이 사실을 신하들이 보고하자 금와왕은 알을 길바닥에 버리라고 명령했다. 알은 곧 길바닥에 던져졌다. 이번에는 길을 지나는 소나 말들이 알을 피해서 다녔다.

"대체 무슨 알이기에 이런 요망한 일이 벌어지느냐? 저 알을 산속에 버리도록 해라!"

금와왕의 명령에 따라 신하들이 알을 산속에 버렸다. 그러나 산짐승들 또한 알을 피해 다녔다. 새와 짐승들은 오히려 밤낮으로 알을 품어 주었다. 금와왕은 화가 머리끝까지 났다.

"이깟 알 하나를 어쩌지 못한다는 게 말이 되느냐? 그 알을 깨뜨려 버려라!"

"알겠사옵니다. 소인이 당장 깨뜨리겠습니다요!"

임금의 명령을 받은 장사 한 사람이 커다란 바윗돌을 들어 알을 내리쳤다. 하지만, 알은 꿈쩍도 하지 않았다. 금와왕은 땅이 꺼져라 한숨을 내리쉬더니 목쉰 소리로 말했다.

"할 수 없구나. 저 알을 어미에게 가져다주어라."

신하들은 고개를 절레절레 흔들고는 알을 유화에게 갖다 주었다.

"오오, 돌아왔구나, 가여운 것. 이제 그 안에서 나와야지."

유화는 감격한 듯 눈시울을 적셨다. 그러고는 알을 깨끗한 천으로 감싼 뒤 따뜻한 곳에 놓고 늘 쓰다듬어 주었다. 한 달이 채 안 된 어느 날 새벽, 별안간 알의 껍질이 저절로 깨어지더니 그 속에서 건강한 사내아이가 나왔다. 유화는 아이를 안고 다정하게 말했다.

"아가야. 너는 귀한 사람이다. 네 이름은 추모란다."

유화는 뼈대가 굵고 영특하게 생긴 아이를 보면서 하루하루 살아가는 재미를 느꼈다.

그로부터 여러 날이 흐른 뒤, 금와왕은 신하들에게 명령했다.

"유화 부인을 위해 궁궐 한쪽에 별궁을 지어주어라."

금와왕은 이때부터 유화 부인과 추모를 매우 살뜰히 대해 주었다. 이후, 금와왕은 유화 부인이 생각날 때마다 별궁에 찾아왔다.

'대왕께서 별궁까지 지어 주실 만큼 저토록 위해 주시다니, 이 일을 어찌할꼬. 저 아이는 장차 부여 왕실을 위협할 게 뻔한데……'

아란불은 이 일을 두고 근심하면서 못마땅하게 여겼지만, 겉으로 드러내지는 못했다.

추모는 달포29가 지난 뒤부터 말을 하기 시작했다.

"어머나, 벌써 말을 하다니. 너는 정말 보면 볼수록 사랑스럽고 신기한 아이야."

유화 부인은 추모를 보면서 흐뭇한 웃음을 지었다. 그러면서도 한편으로는, 이렇게 뛰어난 재주를 지닌 아이를 누가 시기하지 않을까 하고 걱정하는 마음이 들었다. 그저 무사히 잘 자라 주기만을 천지신명께 빌고 또 빌었다.

추모가 일곱 살이 되었을 때, 얼굴과 눈가로 파리가 자꾸 날아들었다. 추모는 물레30를 돌리고 있던 유화 부인을 올려다보며 말했다.

"엄마! 활과 화살을 만들어 주세요. 파리들을 혼내 주게요."

---

29 달포: 한 달이 조금 넘는 기간.
30 물레: 솜이나 털 따위의 섬유를 자아서 실을 만드는 간단한 재래식 기구.

"오냐. 기다려라."

유화 부인은 곧 싸리나무로 작은 활과 화살을 만들어 주었다. 추모는 어머니가 만들어 준 활을 이리저리 보면서 무척 기뻐했다. 추모는 그것으로 날마다 활 쏘는 연습을 했다. 활쏘기에 어느 정도 자신감이 붙은 뒤, 추모가 활을 당겼다. 시위31를 떠난 화살이 물레 위에 앉아 있는 파리를 향해 날아갔다.

"맞혔다! 맞혔어."

추모가 쏜 화살은 정확히 파리의 몸통을 꿰맞췄다. 쉴 새 없이 화살을 쏜 뒤, 집안에는 더 이상 성가신 파리가 한 마리도 남아 있지 않았다.

추모는 무럭무럭 자라났다. 또래보다 키가 컸고 의젓했으며, 훤칠하게 잘생겼다. 손재주가 뛰어났던 그는 튼튼하고 강한 활, 맥궁32을 만들었다. 맥궁은 길이가 짧으면서도 화살이 멀리까지 날아가는 강력한 활이었다. 싸리나무와 버드나무 가지로 화살도 곧잘 만들었다. 그러고는 틈날 때마다 뒷산에 올라가 활쏘기를 쉬지 않고 했다. 얼마 지나지

---

31 시위: 활시위(활대에 걸어서 켕기는 줄). 활줄.
32 맥궁(貊弓): 활채가 심하게 굽은 짧고 강한 활.

않아, 멀리 떨어진 나무의 솔방울을 맞추는 단계에까지 이르렀다. 과녁을 놓아두고 쏘는 연습도 게을리하지 않았다. 그 결과, 백 번 쏘아 백 번 모두 맞추지 않는 날이 없었다.

"역시 주몽이다! 활 잘 쏘는 주몽이야!"

사람들은 입을 모아 그를 주몽이라 불렀다. 부여 말로 주몽은 활 잘 쏘는 사람이란 뜻이었다. 동부여 사람들 모두가 추모를 주몽이라 불렀다. 급기야 유화 부인도 아들을 주몽이라 불렀다. 그런 뒤부터는 아예 추모 대신 주몽이라는 이름으로 굳어졌다. 세월이 흐르는 동안 주몽은 뼈대가 굳세고 큼직하게 되었고, 이목구비가 뚜렷한 멋진 사나이로 성장했다.

제2장 주몽과 예진 낭자

금와왕에게는 왕후에게서 난 일곱 왕자가 있었다. 큰아들 대소를 비롯한 왕자들은 어릴 적부터 주몽과 함께 지냈다. 태자로 임명된 대소는 주몽의 뛰어난 재주에 밀려 늘 뒤처졌다. 주몽은 어릴 적부터 일곱 왕자들과 함께 활쏘기와 말타기, 사냥놀이를 했다. 하지만 대소 태자는 주몽의 상대가 되지 않았다.

"쳇! 건방진 주몽이 녀석!"

겨루기에서 질 때마다 대소 태자는 씩씩거렸다. 대소 태자가 제일 좋아했던 것은 사냥놀이였다. 사냥놀이를 하러 가는 날이면, 대소 태자는 금은으로 꾸민 절풍[1]을 썼다. 목이 긴 노란 가죽신을 신고 화려하게 수놓은 비단옷을 입었다.

나부끼는 깃발들, 행렬의 맨 앞에서 병졸들이 부는 뿔 나

---

1 절풍: 고구려 시대에 남자들이 머리에 쓰는 고깔 모양의 모자.

팔 소리, 번뜩이는 병장기2들, 그리고 이마를 스치며 불어오는 바람결…… 이 모든 것들을 눈과 귀와 피부로 느끼면서 사냥터로 떠나는 것은 세상에서 가장 멋진 일이었다. 길거리에서 마주치는 백성들이 허리를 굽힐 때면 왕이라도 된 듯한 착각에 빠졌다.

어느 이른 아침나절, 대소 태자가 별궁에 갑자기 들이닥쳤다. 다짜고짜 주몽에게 사냥을 하러 가자고 했다.

"오늘 사냥에는 주몽이 너를 데리고 갈 생각이다. 함께 가자."

일방적인 주장이었다. 하지만, 대소 태자의 명을 뿌리칠 수는 없었다.

"예, 태자님."

주몽은 눈 비빌 사이도 없이 급히 옷을 갈아입었다. 활과 화살을 챙겨 허겁지겁 대소 일행을 따라나섰다. 주몽은 어머니에게 인사도 하는 둥 마는 둥 하며 문을 나섰다. 유화 부인은 아들을 걱정스러운 눈길로 쳐다보았다. 어머니의 깊은 근심이 느껴져 저절로 한숨이 흘러나왔다.

---

2 병장기(兵仗器): 예전에, 병사들이 쓰던 온갖 무기.

'아, 나는 하늘을 나는 종달새보다도 자유롭지 못하구나.'

금와왕이 유화 부인을 위하는 까닭에 주몽도 동부여에서 왕자 대접을 받으며 자랐다. 하지만, 대소 태자는 주몽을 눈엣가시3로 여기고 있었다. 이 때문에 유화 부인이나 주몽의 행동은 늘 조심스러웠다.

"오늘은 마음껏 활을 쏘고 짐승들도 실컷 잡아 보자!"

"예, 대소 형님!"

여섯 아우들이 입을 모아 대답했다. 대소 태자는 아우들이 장단을 맞춰 주자 한껏 거들먹거리며 말을 달려 나갔다. 하지만, 그들을 따라가는 주몽은 조금도 신나지 않았다. 너른 벌판을 지나 봉우리가 우뚝 솟아오른 산 앞에 이르렀다. 그곳에서 대소 태자가 활을 잡은 한 팔을 높이 치켜들며 외쳤다.

"자, 이곳이 오늘 우리가 사냥을 할 장소이다. 이제 뿔뿔이 흩어져서 각자 사냥을 즐기도록 하자! 해 질 무렵에 여기서 다시 모인다!"

---

3 눈엣가시: 몹시 밉거나 싫어 늘 눈에 거슬리는 사람.

"알겠습니다."

곧바로 사냥이 시작되었다. 일곱 왕자는 이리 뛰고 저리 뛰면서 짐승을 잡기 위해 애를 썼다. 대소 태자가 거느린 마흔 명 넘는 부하들은 몰이꾼4 노릇을 했다. 그들은 산 위에서 큰 소리로 "우우우! 호잇 호이잇!" 하고 외치며 짐승들을 몰아가느라 애를 썼다. 하지만, 일곱 왕자는 한나절이 지나도록 고작 사슴 한 마리밖에 잡지 못했다.

그들이 그러거나 말거나, 주몽은 그다지 신바람이 나지 않았다. 대소 태자의 사냥 놀음에 따라다니는 것은 꼭 어릿광대짓처럼 느껴졌다. 처음엔 짐승을 아예 잡지 않을 생각까지 했다. 마음이 내키지도 않았다. 눈앞을 지나는 사슴 몇 마리를 그냥 놓아 보낸 것은 그 때문이었다. 멍하니 앞만 바라보고 있을 때, 어머니가 평소에 들려주던 말씀이 떠올랐다.

'네가 이 세상에 태어난 것은 하늘의 뜻이 있어서란다. 그러니, 언제 어디서나 최선을 다해야 한다.'

주몽은 정신이 번쩍 들었다. 활을 굳게 잡았다.

"그래. 어머니의 말씀을 잊어서는 안 되지. 하루를 살더

---

4 몰이꾼: 몰이를 하는 사람.

라도 주눅 들지 말고 정정당당하게 살자."

아예 한 마리도 잡지 않으면 대소 태자의 비위5를 건드릴 게 뻔했다. 그렇게 되면 또 어떤 트집을 잡아 물고 늘어질지도 몰랐다. 생각을 고쳐먹은 주몽은 골짜기를 향해 말을 달렸다. 곧게 뻗은 자작나무 숲 근처에 이르렀다. 뜻밖에도, 한가로이 풀을 뜯고 있던 사슴 무리가 보였다. 주몽은 사슴들을 향해 연달아 화살을 날렸다.

"피유웃! 피웃!"

화살이 바람 가르는 소리를 내며 날아갔다. 주몽은 빠른 속도로 말을 달려, 나머지 사슴들까지 몽땅 사냥하는 데 성공했다. 사슴들을 하나씩 거두어들이려는 그때, 대소 태자를 비롯한 왕자들이 갑자기 달려들었다. 그들은 다짜고짜 주몽의 몸을 나무에 묶었다.

"이게 무슨 짓이오?"

순식간에 당한 일이라 손쓸 겨를도 없었다. 그들은 주몽이 잡은 사슴들을 두 마리의 말이 끄는 수레에 모조리 옮겨 실었다.

---

5 비위: 어떤 것을 좋아하거나 싫어하는 성미. 또는 그러한 기분.

"히힛! 이대로 있으면 늑대랑 만나게 될 걸? 나중에 봐."

대소 태자가 입 한쪽 끝을 올리며 툭 내뱉었다. 주몽은 어이가 없다는 표정으로 항의했다.

"태자님, 대체 저에게 왜 이러시는 겁니까?"

하지만, 대소 태자는 여섯 왕자와 부하들을 데리고 그 자리를 떠나 버렸다. 주몽은 팔에 힘을 주고 몸을 흔들었다.

"이이익!"

그가 힘을 쓰자 우두두둑, 소리를 내며 나무가 뽑혔다. 주몽은 뿌리째 뽑힌 나무를 등에 지고 성큼성큼 달려갔다. 주인이 움직이는 것을 보고 나무 옆에 서 있던 말이 주몽을 뒤따라왔다. 한참을 뛰어가자, 수십 마리의 사슴을 수레에 싣고 한가롭게 평원을 가로질러 가던 대소 태자 일행이 눈에 띄었다.

"거기 서시오!"

주몽은 벽력같이 고함을 쳤다. 대소 태자와 여섯 왕자들, 그의 부하들이 깜짝 놀라 뒤를 돌아보았다. 밧줄에 묶인 상태에서 뿌리째 뽑힌 나무를 등에 지고 달려오는 주몽의 모습이 보였다. 겁을 집어먹은 그들은 그 자리에서 얼어붙고 말았다.

"으핫!"

대소 태자 앞으로 다가온 주몽이 두 주먹을 불끈 쥐었다.

밧줄이 떨어져 나갔다. 쿵, 소리와 함께 등에 진 나무가 길바닥에 굴렀다. 그 모습을 본 대소 태자의 눈가가 파르르 떨렸다.

"수레는 잠시 빌려 가겠소."

주몽은 대소 태자가 잡은 사슴 한 마리를 땅에 떨어뜨리고는, 수레를 끌고 재빨리 말을 몰아 앞으로 나아갔다.

"이랴!"

대소 태자와 여섯 왕자들은 벌린 입을 다물지 못했다. 그들의 뒤에 있던 부하들은 하얗게 질린 표정으로 멀어져 가는 뒷모습을 바라볼 뿐이었다. 궁성에 돌아온 뒤, 대소 태자가 금와왕에게 아뢰었다.

"아바마마. 주몽이는 사람의 아들이 아닙니다. 그놈에게는 신이 내려준 특별한 용기와 재능이 있어 보였습니다. 소자가 하루 종일 사슴 한 마리를 사냥하는 동안 그놈은 수십 마리의 사슴을 잡았습니다. 인간으로서 어찌 그런 능력이 있을 수 있겠사옵니까? 만약, 주몽이 그놈을 일찍 없애지 않는다면 장차 부여에 큰 화근6이 될 것이옵니다."

---

6 화근(禍根): 재앙의 근원.

하지만, 금와왕은 예상 밖의 답변을 했다.

"태자야, 주몽이는 북부여 해모수 왕의 아들이다. 함부로 그를 죽이면 북부여가 우리 동부여에 대해 원한7을 갖게 될 것이다. 만약 그리되면 전쟁을 치러야 할지도 모른다. 그런 사태가 온다면 우리에게도 좋을 게 없느니라. 또한, 자칫 우리 동부여 백성들의 민심8까지 잃을 수가 있단 말이다. 그리고, 나에게도 다 생각이 있으니, 그리 알라."

며칠이 지난 뒤, 금와왕이 주몽을 어전9으로 불렀다.

"이제부터는 너도 네 몫의 일을 해야 한다. 마침 말 목장에 사람이 필요하니, 그곳에 가서 일손을 돕도록 하여라."

다음날부터 주몽은 말 목장에 가서 일을 했다. 날이 가고 달이 가는 것도 모르고 하루 종일 말똥을 치우고 말 먹이를 주느라 쉴 짬이 없었다. 새벽부터 일어나 한밤중까지 말 부리는 일을 하느라 녹초가 될 지경이었다. 그 좋아하는 활쏘기는커녕 검술 훈련조차 할 겨를이 없었다.

---

7 원한(怨恨): 억울하고 원통한 일을 당하여 응어리진 마음.
8 민심(民心): 백성의 마음.
9 어전(御前): 임금의 앞.

'이대로 마구간에만 처박혀 있을 수는 없다. 대장부가 품어 온 큰 뜻을 반드시 펼쳐야 하지 않겠는가?'

속으로 애를 태우던 주몽은 어둑어둑해질 무렵, 어머니를 찾아갔다.

"어머니, 제가 언제까지 남의 말 목장에서 허드렛일이나 해야 합니까? 소자는 오래전부터 남몰래 큰 뜻을 세운 바 있습니다. 남쪽으로 내려가 나라를 세울 생각을 했지만, 어머니를 남겨두고 차마 떠날 수 없어 답답한 심정입니다, 어머니, 어찌해야 합니까?"

주몽이 열정적으로 말을 하며 한숨을 폭 쉬었다.

'어쩌면 너는 젊었을 때의 그이를 그토록 쏙 닮았느냐? 네 아버지 해모수 님을……'

아들의 얼굴에서 처녀 시절에 만났던 해모수의 얼굴이 겹쳐 보였다. 잠시 옛 생각이 떠올랐지만, 이내 감정을 추스른 유화 부인은 낮은 목소리로 말했다.

"그러지 않아도 사람을 보내려던 참인데 마침 잘 왔다. 주몽아, 잘 들어라. 네 아버지는 천제의 아들이신 북부여 해모수 왕이시다. 또한 너는 물의 신인 하백의 외손자이니라. 너는 활 솜씨는 물론이고 무예 또한 뛰어나니, 너만 한 재주를 가진 이가 또 있겠느냐? 어느 곳에 가서도 네 뜻을 펼치기에 부족함이 없을 것이다."

어머니에게서 아버지 이야기를 처음 들은 주몽은 몹시 놀란 표정을 지었다.

"제가 해모수 왕의 아들이라고요?"

"그렇다. 그동안은 네가 혹시 가벼이 행동할까봐 미리 알려주지 않았다. 한데, 어엿하게 자란 너에게 위험이 닥쳐오고 있기에 비로소 알려주는 것이다. 아들아, 해모수 님의 피가 흐르는 너의 두 어깨에는 우리 예맥족10을 일으켜 세워야 하는 운명이 짐 지워져 있느니라."

유화 부인은 굳은 얼굴로 비밀스런 글을 암송11하는 것처럼 말했다. 주몽은 마치 꿈을 꾸는 듯한 눈길로 먼 허공을 쳐다보더니, 다시 정신을 차린 듯 되물었다.

"어머니! 갑자기 들은 말씀이라 혼란스럽습니다. 하오나, 저에게 그런 운명이 있다면 마땅히 짊어지고 가겠사옵니다."

"그래야지. 암, 그래야 하고말고. 너에게서 그런 대답을

---

10 예맥족(濊貊族): 고대 한민족의 근간이 되는 종족명. 예족과 맥족을 나누어 따로 보는 견해도 있고, 예맥을 단일종족으로 보는 견해도 있다.

11 암송(暗誦): 글을 보지 아니하고 입으로 욈.

들으니 든든하구나.”

유화 부인은 그제야 환한 미소를 띠었다.

“그건 그렇고, 저에게 사람을 보내려 하셨다니, 그동안 무슨 일이 있었는지요?”

“지금 궁궐 안의 분위기가 심상찮다. 대소 태자와 왕자들이 머잖아 사냥터로 너를 꼬여내서 해치려는 계획을 세우고 있다는구나. 그러니, 곧 부여를 떠나야만 한다.”

“그게 정말입니까?”

“어제 내 시녀가 우연히 듣게 되었다며 알려준 말이란다. 이 어미랑 지금 당장 말 목장에 가자꾸나. 네가 먼 길을 떠나려면 좋은 말이 필요할 것이다.”

두 사람은 급히 말을 몰아 말 목장에 도착했다. 곧장 마구간으로 걸어간 유화 부인이 말채찍을 마구 후려쳤다. 깜짝 놀란 말들이 우리 안에서 우왕좌왕하며 날뛰었다. 그중에서 털빛이 붉은 말 한 마리가 우리를 훌쩍 뛰어넘어 풀밭 위로 달려 나갔다.

“주몽아, 저 말을 잡아 오너라.”

“예.”

주몽은 얼른 말을 타고 쫓아갔다. 검은 갈기를 휘날리며 달리는 붉은 털빛의 그 말은 이마에 흰 점이 박혀 있었다.

주몽은 초원을 가로질러 거센 바람처럼 달려가는 말에게 올가미를 던져, 간신히 잡아왔다.

"그 말이 바로 천리준마[12]이니라."

"천리준마요?"

"심장과 다리가 튼튼해서 먼 길도 단숨에 달릴 수 있는 말이란다."

"아, 그렇군요."

주몽이 그 말 위에 올라타려 하자, 처음에는 펄쩍펄쩍 뛰며 타는 것을 거부했다. 하지만, 그동안 말 목장에서 숱한 말들을 다루는 동안 요령이 붙은 주몽은 몇 번의 노력 끝에 말을 끌고 오는 데 성공했다.

"워워, 이제 너는 내 친구다. 알겠느냐?"

말은 처음에는 콧김을 불고 뒷다리를 높이 쳐드는 등 반항을 했다. 잔등에 올라탄 주몽은 말의 목덜미를 쓰다듬어 주며 부드럽게 타일렀다. 잠시 실랑이를 벌인 뒤, 말은 더이상 뒷발차기를 하지 않았다. 주몽은 그 말을 타고 초원 먼 데까지 달려 나갔다가 되돌아왔다.

---

12 천리준마(千里駿馬): 하루에 천 리를 달린다는 아주 훌륭한 말.

"어머니, 이 녀석, 무척 빠르면서도 기운이 엄청 센데요? 하하하."

"네가 금세 절따마13와 친해지다니, 다행이로구나. 한 달 후에 폐하께서 말 목장을 방문할 것이다. 궁궐에서 쓸 가장 좋은 말을 데려갈 목적이란다. 그때를 대비해 적당한 말 한 마리를 골라 정성껏 먹이도록 해라."

그러면서, 유화 부인은 옷깃에서 빼낸 바늘을 절따마의 혓바닥에 꽂았다. 말이 뒷걸음질을 치며 버둥거렸다.

"아플 텐데요."

주몽이 안쓰럽게 쳐다보며 말했다.

"아프겠지. 이 녀석이 빼빼 마르게 되면 아무도 거들떠보지 않을 거야. 폐하가 다녀가신 다음, 바늘을 빼고 잘 먹이면 금세 살이 붙고 튼튼해질 것이다. 이 말, 절따마를 반드시 잘 돌보아야 한다."

"제 몸처럼 돌볼게요."

"폐하가 다녀가신 다음에는 너는 생사14를 같이 할 친구들과 함께 빨리 부여를 떠나야 한다. 알겠느냐?"

---

13 절따마: [같은 말] 절따말(털빛이 붉은 말).
14 생사(生死): 삶과 죽음을 아울러 이르는 말.

"예."

유화 부인은 주몽에게 신신당부한 뒤 궁궐로 돌아갔다.

그날 이후, 주몽은 평범한 흰 말 한 마리를 골라 잘 먹였다. 특별히 좋은 먹이를 주며 정성을 기울였다. 반면, 붉은빛이 도는 절따마는 제대로 먹지 못해 비쩍 말라 갔다. 살빛이 푸석거렸고, 곧 쓰러질 것처럼 비실비실해 안쓰러울 지경이었다.

그로부터 한 달 후, 금와왕이 신하들을 데리고 말 목장에 찾아왔다. 주몽은 며칠 전부터 목장 안팎을 깨끗이 치워두었다. 먼지 한 톨 보이지 않게 입구에서부터 말 목장 안쪽까지 빗자루로 싹싹 쓸었다.

"흠, 말 목장이 흠잡을 데 없을 만큼 깨끗하구나. 어디, 궁궐에서 쓸 만한 말이 있는지 볼까? 옳지! 저기 보이는 흰 말이 가장 튼튼해 보이는구나. 오늘 저 흰 말을 궁궐로 데려갈 것이다. 그런데, 주몽아. 붉은빛 도는 저 말은 사흘에 피죽 한 그릇 못 얻어먹은 것처럼 왜 그렇게 앙상하냐?"

"어디가 아픈지 요즘 통 먹지 못하고 있사옵니다."

"음, 그렇다면 저 말은 너에게 주마."

금와왕은 흰 말을 데리고 궁궐로 돌아갔다. 주몽은 곧장 붉은 빛 도는 절따마 쪽으로 다가가 혓바닥에 박힌 바늘을 떼어내 주었다. 두 손으로 목 언저리를 쓰다듬어 주며 눈을 맞추었다.

"그동안 미안했다. 이제부터는 널 아프지 않게 하마."

주몽은 약초를 짓이긴 물로 절따마의 혓바닥을 치료해 주었다. 혓바닥이 아물자, 건초15를 듬뿍 주었다. 그동안 야위었던 절따마는 당근도 맛있게 잘 먹었다. 시냇물 쪽으로도 자주 데리고 가서 물도 실컷 마시게 했다. 정성을 쏟다 보니, 며칠 뒤부터는 윤기가 자르르 돌기 시작했다. 달라붙어 있던 뱃가죽에도 살이 오르면서 원래의 건강함을 빠르게 되찾아갔다.

"이랴이랴! 자, 오늘은 네 마음껏 달려 보렴."

주몽은 절따마에 올라타 초원을 가로지르며 가슴 속에 쌓인 응어리를 풀어내었다. 절따마도 주인의 마음을 알아차렸는지, 네 다리를 힘차게 뻗으며 앞으로 쭉쭉 달려 나갔다.

"가만, 너에게도 이름이 있어야겠구나. 음, 뭐라 지을까? 그래, 네 이름은 천마다, 천마. 하늘을 날아가는 천마. 하하하."

---

15 건초(乾草): 베어서 말린 풀. 주로 사료나 퇴비로 쓴다.

주몽은 갈기를 어루만지며 말에게 말했다.

"히히히히힝."

절따마는 천마라는 이름이 마음에 들었다는 듯, 한바탕 길게 울었다.

어느 하루, 무엇에 놀란 말 한 마리가 들판으로 도망가 버렸다. 주몽은 다른 목동에게 뒷일을 맡겨 놓고 급히 도망 간 말을 쫓아갔다. 들판을 헤매다 보니, 어느덧 깊은 산골 짜기까지 가게 되었다.

"아얏!"

비탈 아래에서 웬 여인의 날카로운 소리가 들려왔다. 얼 른 달려가 보니, 얼굴선이 고운 처녀 앞에 늑대 한 마리가 서 있는 게 보였다.

"캬르릉."

늑대가 이빨을 드러내며 막 달려들 찰나, 주몽은 재빨리 화살을 쏘았다. 쉭, 하는 소리와 함께 날아간 화살이 늑대 의 목덜미를 꿰뚫었다. 펄쩍 뛰어오르던 늑대는 "켁!" 소리 와 함께 나동그라졌다. 처녀는 하얗게 질린 얼굴로 주몽에 게 고맙다는 인사를 했다.

"낭자. 이 깊은 골짜기에 어인 일이시오?"

"제 아버지께서는 약재상16을 운영하고 계십니다. 요즘 편찮으셔서 제가 약초를 캐러 다니고 있답니다."

"이 골짜기는 여인 혼자서 다니기엔 위험한 곳이오. 댁까지 제가 바래다 드리겠습니다."

"괜찮습니다. 실은, 저쪽에 제 하인들이 기다리고 있답니다."

"아, 그렇군요. 저는 주몽이라 합니다. 낭자의 이름을 알고 싶습니다."

"저는 예진이라 하옵니다."

"예씨 성에 이름은 진인가요?"

"예."

두 사람이 서로 이름을 알려주며 인사를 주고받을 때, 언덕 아래에서 대여섯 명의 사내들이 몽둥이와 칼을 들고 달려왔다.

"아씨, 아씨!"

"아씨, 늑대 울음소리가 나서 부리나케 쫓아왔습니다요."

---

16 약재상(藥材商): 약을 짓는 재료를 파는 일. 또는 그것을 파는 사람.

"걱정 마라. 여기 계신 주몽 공자님 덕분에 나는 무사하다."

"다행입니다요."

"주몽 공자님, 우리 아씨를 구해 주셔서 정말 고맙습니다요."

주몽은 여러 하인들에 둘러싸여 칭찬을 듣자 조금 어색해졌다.

"그럼, 저는 도망간 말을 잡아와야 해서, 먼저 가오."

"공자님, 다음번에 꼭 저희 약초마을 약재상에 들르셔요."

주몽은 예진을 보며 빙긋 웃고는, 말 위에 훌쩍 올라탄 뒤 들판 쪽으로 사라졌다. 예진은 멀어져 가는 주몽의 모습을 오래오래 쳐다보았다. 주몽은 골짜기를 가로지르고 능선을 넘은 뒤, 도망간 말을 찾아왔다.

그 후, 주몽은 약재상에 들르게 되었다. 예진의 아버지 예부한에게도 인사를 올렸다. 예부한은 넓은 정원을 갖춘 기와집에 살고 있었다. 몇 대째 약재상을 튼실하게 운영해 온 사람답게 많은 하인들을 거느리고 있었다.

"주몽 공자! 참으로 고맙네. 자네는 내 딸을 구해준 은인17이야. 이 은혜를 어찌 다 갚누?"

"어르신! 은혜랄 게 있겠습니까? 마땅히 할 일을 했을 뿐입니다. 예진 낭자를 통해 어르신 말씀은 많이 들었습니다. 편찮으신 데는 다 나으셨는지요?"

"저 애가 아침저녁으로 정성껏 약을 달여 주어서 이제 많이 나았다네. 그래, 우리 딸이 마음에 들지?"

예부한의 갑작스런 말에 주몽의 얼굴이 붉어졌다. 그렇지만, 싫지 않은 질문이어서 얼른 대답했다.

"마음에 쏙 들다마다요, 아버님."

"어허, 그럼, 이제부터 자네는 내 사위일세."

예부한은 주몽을 마음에 들어 했다. 주몽과 예진은 처음부터 서로 이끌리던 사이였다. 두 사람은 자주 만나 사랑을 키워 가다가, 조촐한18 혼례식을 치른 뒤 부부가 되었다.

---

17 은인(恩人): 자신에게 은혜를 베푼 사람.
18 조촐한: 아담하고 깨끗한.

제3장 부여를 떠나다

"천마야! 빨리 가자."

주몽은 절따마의 고삐를 흔들었다. 이제 떠날 때가 된 것 같았다. 낯설고 험한 곳으로 떠나려면 가장 믿을 만한 사람들이 필요했다. 모든 것을 털어놓고 의논할 친구들이 있는 곳으로 가는 길, 심장이 뛰었다.

주몽에게는 어린 시절부터 함께 뛰놀던 동무들이 있었다. 오이1, 마리2, 협보3라는 이름의 벗들이었다. 이들 세 친구는 부여에서도 용맹하기로 소문난 군장4의 아들들이었다. 그들은 머지않아 아버지의 대를 이어 군장이 될 인물들이었다. 그들은 주몽과 더불어 무예5를 겨루고 활쏘기를 했

---

1 오이(烏伊): 고구려의 개국공신.
2 마리(麻履): 고구려의 개국공신.
3 협보(陜父): 고구려의 개국공신.
4 군장(君長): 원시 부족 사회의 우두머리. 부족장. 부여의 경우 왕이 있었지만, 군장들의 연맹으로 이루어진 연맹 왕국이었음. 군장들은 때때로, 국가에 해를 입힌 왕을 갈아치울 만한 막강한 권한을 행사하기도 했음.
5 무예(武藝): 무도(武道)에 관한 재주. 무기(武技).

으며, 사냥도 함께 다닐 만큼 친했다.

주몽은 대소 태자와는 어쩔 수 없이 어울렸지만, 이들 세 친구와는 늘 붙어 다녔다. 지혜롭고 용감한 오이, 마리, 협보는 큰 뜻을 지닌 주몽을 태산처럼 믿었다. 청년으로 성장하면서부터는 주몽에 대해 존경하는 마음까지 갖게 되었다. 주몽 또한 이들 세 친구들을 평생의 벗으로 여겼다.

천마의 호흡이 가빠질 무렵, 멀리 커다란 나무가 보였다. 느티나무 마을에 도착하자마자 오이네 집으로 들어갔다.

"여어, 빨리 왔군."

기다리고 있었던 듯, 오이가 두 팔을 쫙 벌렸다. 두 사람은 가볍게 포옹한 뒤, 서로의 등을 토닥여 주었다.

"오이 자네, 등 근육이 더 탄탄해졌군."

"자네의 등 근육은 바윗돌 같은데, 하하. 잠깐, 마리와 협보를 데려오겠네."

오이는 주몽을 세워 두고 골목 안으로 사라졌다. 잠시 후, 그가 마리와 협보를 데리고 나타났다.

"주몽, 사람들의 눈과 귀를 피하고자 일부러 이곳으로 오라고 했네. 자네 신상에 위험이 닥치고 있다는 걸 알고 있나?"

오이가 낮지만 또박또박한 말투로 이야기했다.

"알고 있네. 지난번에 어머니한테서 들었네."

"그런가? 궁궐 지키는 병졸 친구가 하나 있는데, 그 친구가 귀띔해주더군. 자기가 번6을 설 때, 왕자들이 궁궐에 자주 와서 임금님과 귀엣말을 주고받는 걸 보았다네. 또, 아란불 국상과도 만나며 수상쩍게 수군거리는 걸 듣게 되었다고 하네."

이번에는 협보가 눈을 크게 뜨며 이야기했다.

"협보 말이 사실인 것 같네. 아무래도 자네에게 곧 위험한 일이 생길 것 같으니, 빨리 수를 써야겠네."

마리도 거들었다.

"나도 자네들에게 의논할 참이었네. 어머니께서는 대소 태자가 사냥터로 날 꾀어내 해치려 한다고 주의를 주셨네."

주몽이 세 벗들을 바라보며 말했다.

"바로 그거로군. 궁궐에 붙박이로 있는 그 병졸 친구가 허튼소리를 한 게 아니었어. 왕자들이 언제 수를 쓸지 몰라. 그들의 음모가 앞당겨질 수도 있다는 말일세."

---

6 번(番): 차례로 숙직이나 당직을 하는 일.

"협보 말이 맞네. 주몽 자네, 부여 땅을 하루라도 빨리 벗어나야 하네."

"내가 가는 길은 멀고 험한 길일세. 위험천만한 일도 곳곳에 도사리고 있을지 모른다네. 그래도 같이 가겠나?"

주몽이 걱정스러운 표정으로 물었다.

"무슨 소린가? 우리가 같이 가지 않는다면 누가 같이 가겠나? 주몽 자네와 함께라면, 물속이든 불 속이든 뛰어들겠네."

오이가 펄쩍 뛰며 화를 냈다. 그리고, 손을 쑥 내밀었다.

"우리는 어릴 적부터 함께 뛰어놀던 친구가 아닌가? 당연히 같이 가야지."

마리가 오이의 손 위에 자신의 손을 포개었다.

"좋아! 이제부터 주몽 자네와 어떤 어려움이건 같이 나누겠네."

협보도 두 사람의 손 위에 두툼한 손을 포갰다.

"고맙네! 자네들과 함께라면, 나 또한 물속이든 불 속이든 뛰어들겠네."

주몽 또한 친구들의 손 위에 자신의 손을 포개며 외쳤다.

"쇠뿔도 단김에 빼랬다구, 오늘 당장 떠나세."

협보가 주먹을 부르쥐고 말했다.

"좋아. 오늘 저녁에 떠나지. 그런데, 그 전에 할 일이 있어. 그 일을 마치고 올 테니까 느티재 바위 앞에서 기다려 주게."

주몽은 곧장 말 위에 올라타고는 약초마을로 향했다. 지평선 너머로 노을이 스러지고 있었다. 약초마을에 도착할 때쯤에는 날이 완전히 저물었다. 예부한의 기와집 처마가 어둠을 배경으로 날아갈 듯 치켜 올라가 있는 게 보였다.

"천마야, 여기 좀 있어."

말 잔등을 부드럽게 어루만진 뒤, 주몽은 후원7과 가까운 쪽의 담장을 훌쩍 뛰어넘었다. 예씨 부인의 방에는 등불이 밝혀져 있었다.

"여보, 나요."

주몽이 낮은 목소리로 불렀다. 그러자 불빛이 흔들리는가 싶더니, 방문이 열렸다. 예씨 부인이 깜짝 놀라는 표정을 지었다.

"당신인가요?"

---

7 후원(後苑): 집 뒤에 있는 정원이나 작은 동산.

"그렇소. 나랑 산책 좀 할 수 있겠소?"

"잠시만 기다리셔요."

방문이 다시 닫히고, 안에서 부스럭거리는 소리가 들린 후에 예씨 부인이 나왔다. 두 사람은 뜰로 나와 거닐었다. 귀뚜라미가 귀뚤귀뚤 울다가, 울음을 멈추었다.

"무슨 일 있으십니까?"

예씨 부인이 불안한 눈빛으로 물었다.

"나는 이제 부여를 떠나려 하오."

"예?"

"어머니께서 얼마 전에 말 목장에 찾아오셨소. 대소 태자와 왕자들이 나를 해치려 한다며 곧 부여 땅을 떠나라 하셨소. 그동안 왕자들의 미움을 받은 나는 몇 번 위기에 빠진 적이 있었다오. 해서, 그들의 마수가 뻗어오기 전에 미리 떠나는 것이오."

"아, 그런 일이 있었군요. 하지만, 이렇게 갑자기 떠나시면 앞으로 저 혼자 어떻게 살아가나요? 흑."

예씨 부인의 눈에서 금세 눈물 한 방울이 비어져 나왔다.

"당신을 두고 혼자 떠나는 것을 용서하시오."

주몽은 예씨 부인의 눈물을 닦아 주었다.

"언제 떠나세요?"

"잠시 후에 떠날 거요."

"그토록 빨리……. 아, 당신께 말씀드릴 게 있어요. 나, 사실 아기를 가졌어요."

"그게 정말이오?"

예씨 부인이 고개를 끄덕였다.

"기쁘기 한량없구려."

주몽은 그러나 마음껏 기뻐하지 못했다. 아내를 두고 떠나는 미안함이 컸기 때문이었다.

"좀 더 있다가 알려드리려 했는데."

"이제라도 알았으니 얼마나 다행인지 모르오. 우리의 아기가 잘 태어나기를 바라겠소. 그리고, 이제부터는 별궁에 가서 어머니랑 함께 살아가시오. 어머니도 적적하실 터인즉, 며느리랑 손주랑 함께라면 서로 의지가 될 것이오."

"네."

"나는 남쪽으로 내려가 나라를 세울 것이오. 그곳에서 우리 겨레, 예맥족을 부흥시킬 것이오. 아득한 옛날, 조선을 세웠던 선조들은 널리 인간을 이롭게 하려는 큰 뜻을 펼쳐 왔소. 비록 한나라에 의해 망했지만, 나는 선조들의 높은 뜻을 받들어 옛 조선을 기어코 되살려 보겠소. 그리고, 만약 아들을 낳는다면 나에게 꼭 보내시오. 나는 우리 아들에게 새로운 나라를 물려줄 생각이오. 다만, 내 아들이라는 증표를 가지고 와야만 하오."

"그게 뭔데요?"

주몽은 뒷짐을 지고 하늘을 한번 쳐다본 뒤 대답했다.

"그것은 일곱 모난 돌 위에 선 소나무 아래에 있을 거요. 그 증표를 가지고 온다면, 반드시 내 아들로 맞이할 것이오."

"알겠어요. 부디 몸조심하셔요."

예씨 부인이 걱정스러운 표정을 지으며 말했다.

"장인어른께는 어디 먼 데로 여행 갔다고 말씀드리시오. 공연히 걱정 끼쳐 드리지 않는 게 좋겠소. 나는 어머니께 마지막 인사를 드린 뒤 떠날 것이오."

그렇게 말한 뒤, 주몽은 예씨 부인을 힘껏 껴안아 주고는 후원 담장을 훌쩍 넘었다. 휘익, 주몽이 손을 입에 넣어 휘파람 소리를 냈다. 어둠 속에서 천마가 다가왔다. 말에 올라탄 주몽은 곧장 어머니에게로 달려갔다.

주몽은 별궁에 도착하자마자, 건물을 유심히 살펴보았다. 어머니의 방으로 가기 전, 후원 연못 쪽으로 걸어갔다. 정자 앞에서 우뚝 선 뒤, 혼잣말로 중얼거렸다.

'음. 이곳이 좋겠군.'

정자를 떠받치고 있는 기둥은 소나무요, 소나무 아래는 일곱 모가 난 돌이었다. 그는 허리에 차고 있던 단검을 반으로 뚝 분질렀다. 손잡이 쪽은 다시 칼집에 넣고, 나머지 반쪽 칼날을 기둥 아래쪽 흙을 파서 묻었다. 그리고는 유화 부인이 머무는 방 앞으로 갔다.

"어머니, 저 왔습니다."

"기다리고 있었다."

유화 부인이 뭔가를 내밀었다.

"오곡 종자를 가져가거라. 쌀, 보리, 콩, 조, 기장의 씨앗이다. 이것들은 나라를 세우는 데 필요한 것이다. 농사는 모든 것의 본바탕이니라."

"소중히 간직하겠습니다. 참, 어머니. 아내가 곧 이곳으로 와서 지낼 것입니다. 곧 아이가 태어날 것이니, 잘 거두어 주옵소서. 제가 사라지면 대소 태자가 길길이 날뛸 것인즉, 그것이 걱정이옵니다."

"괜찮다. 이 어미는 모진 어려움 속에서도 여태 견뎌왔느니라. 너는 넓은 세상으로 가서 부디 좋은 나라, 어진 나라를 세우거라."

"예."

주몽은 유화 부인께 엎드려 절한 뒤 길을 떠났다. 그런데, 주몽이 앉았던 방석 옆에 보리 종자가 떨어져 있는 게 보였다.

"어? 주몽이가 이걸 놔두고 갔네. 내일 전서구8 편에 보내줘야겠구나."

유화 부인은 종이와 붓과 벼루를 꺼내 들었다. 먹을 간 다음 뭔가를 골똘히 생각하더니, 붓을 들어 흰 종이에 글씨를 써 내려갔다.

아바마마. 긴 세월 소식 한 장 올리지 못한 딸을 용서하소서.
이미 알고 계시는 바와 같이, 저는 우발수에서 벌을 받고 있다가
동부여 금와왕에게 사로잡힌바 되어, 그의 궁궐로 와서 살게 되
었나이다. 저는 그해에 해모수 님의 아이를 낳았사온데, 이름은
주몽이라 하옵니다. 영특하고 지혜로운 제 아들 주몽이는 활을
잘 쏠 뿐만 아니라 온갖 재주가 뛰어난 청년으로 성장하였나이
다. 하지만, 금와왕의 일곱 왕자들이 자주 시기하고 목숨을 해치

8 전서구(傳書鳩): 편지를 보내는 데 쓸 수 있게 훈련된 비둘기.

려 하였기에, 그 모진 손아귀를 피해 마침내 친구들을 데리고 동부여를 탈출하였습니다. 아바마마께서 이 편지를 받으실 즈음이면 주몽이가 모둔곡에 도착할 것이옵니다. 부디 믿을 만한 사람을 보내주셔서 우리 주몽이를, 아바마마의 외손자를 도와주소서. 주몽이는 남쪽에 둥지를 틀고 나라를 세울 것을 결심하였답니다. 그러하오니, 아바마마가 다스리는 압록강 부근의 군장들을 보내어 돕게 해주신다면 기필코 큰일을 이룰 것이옵니다. 늘 건강하시옵기를 엎드려 비나이다. 동부여에서 큰딸 유화 올림.

편지를 쓰는 동안 감정이 북받쳤다. 저도 모르게 눈물이 툭 떨어졌다. 군데군데 눈물로 얼룩진 편지를 곱게 접었다. 그런 다음, 지필묵을 가지런히 놓아두고 자리에 누웠다. 아버지 하백과 두 여동생 훤화, 위화의 얼굴이 떠올랐다. 젊은 날 만났던 해모수의 얼굴도 떠올랐다. 어디론가 쏜살같이 말달리는 주몽의 얼굴도 떠올랐다. 잠은 천리만리 달아나 버렸다. 어둠속 천장만 바라보다가, 결국 뜬눈으로 밤을 지새웠다.

"구구구."

다음날 이른 아침, 유화 부인은 마당가에서 비둘기 부르는 소리를 냈다. 그러자, 공중에서 세 마리의 비둘기가 내려왔다. 유화 부인은 첫 번째 비둘기의 발에 편지를 실로 묶어서 하늘로 날려 보냈다.

"아바마마께 이 편지를 전하렴."

그리고 두 번째와 세 번째 비둘기의 입속에 보리 종자를 넣어 준 뒤, 날려 주었다.

"이것을 주몽에게 가져다주어라."

세 마리의 비둘기들은 마당 위를 한 바퀴 돌고는 하늘 높이 날아오르더니, 이내 눈앞에서 사라졌다.

점심나절이 되자, 궁궐이 발칵 뒤집혔다.

"주몽이가 사라졌다. 간밤에 부하들과 함께 멀리 도망쳤다."

말 목장에서 주몽이 보이지 않자, 거기서부터 소문이 돌기 시작했다. 오이, 마리, 협보랑 가까이 지내던 이들도 마찬가지였다. 그들이 감쪽같이 사라진 것을 알게 된 뒤, 소문에 소문이 덧대어졌다. 이 사실을 알게 된 금와왕은 부하들을 시켜 사방팔방을 뒤지기 시작했다. 하지만 아무 데서도 주몽 일행을 발견하지 못했다. 대소 태자도 사람을 풀어 샅샅이 뒤졌지만, 주몽과 세 친구의 행방을 아는 사람은 하나도 없었다.

금와왕은 신하들에게 명령했다.

"당장 주몽의 어미와 처를 끌고 와라."

잠시 후, 유화 부인과 예씨 부인이 궁궐 마당에 끌려왔다.

"고얀 것! 내 너를 지금까지 왕후에 버금갈 정도로 잘 대해 왔거늘, 쥐도 새도 모르게 아들을 빼돌려? 그래, 주몽이는 어디로 갔느냐?"

"폐하, 그것은 저도 모르옵니다. 어젯밤 인사하러 와서 훌쩍 떠난 게 전부이옵니다. 정작 어미인 저에게 어디로 간다는 말은 하지 않더이다."

"그게 정말이냐? 그렇다면, 주몽이의 처인 너는 알 것 아니냐?"

금와왕은 예씨 부인을 노려보며 말했다.

"대왕마마, 저 또한 간밤에 작별하러 온 낭군님 얼굴을 보았지만, 어디로 갔는지는 얘기하지 않았기에 알지 못하옵니다."

예씨 부인도 유화 부인과 똑같은 말을 했다. 금와왕은 치미는 노여움을 간신히 억누르며 말했다.

"여봐라! 저 두 사람을 별궁에서 한 발짝도 못 나가게 하고 잘 감시하라!"

생각 같아서는 두 여인의 목을 베고 싶었다. 하지만, 천제의 가족을 없앤다는 것은 썩 내키지 않는 일이었다. 즉시 별궁에 병사들을 세워 물 샐 틈 없이 지키게 했다. 그동안 아낌없이 내주던 쌀이며 고기, 비단, 땔감 따위도 하루아침에 뚝 끊어 버렸다. 유화 부인과 예씨 부인이 사는 별궁은 갑자기 감옥으로 변했다. 두 사람은 이때부터 베를 짜고 손수 남의 옷을 지어 주는 등 삯바느질을 하며 하루하루를 이어 나가게 되었다.

어전으로 돌아온 금와왕 앞에서 대소 태자는 볼멘소리를 했다.

"아바마마. 소자가 그동안 몇 번이나 주몽을 없애자고 해도 듣지 않으시더니, 이제 어쩌시렵니까? 아바마마가 하루하루 미루는 사이에 그놈이 감쪽같이 도망을 치고 말았으니 몹시 분하고 억울합니다. 주몽 그놈이 세력을 키운 다음, 장차 우리 부여에 쳐들어온다면 큰일 아닙니까?"

"그렇게 간단한 문제가 아니다. 제 어미와 처가 부여 땅에 살고 있으니, 그놈이 나쁜 마음을 먹기가 쉽지 않을 것이다."

"폐하. 지금 즉시 병사를 보내시어 주몽이 놈을 끌고 오는 것이 마땅한 줄 아옵니다."

국상 아란불이 아뢰었다.

"아바마마, 소자의 생각으로는 주몽 그놈이 남쪽으로 내려간 듯합니다. 제게 군사를 내어 주옵소서. 지금 부지런히 쫓아가면 그놈들이 강을 건너기 전에 사로잡을 수 있을 것이옵니다."

"폐하, 태자님의 말씀을 새겨들으시고 속히 군사를 내어 주옵소서."

아란불이 거들었다.

"국상과 태자의 말이 옳도다. 지금 즉시 50명의 군사를 내줄 테니, 태자는 반드시 주몽을 사로잡아오도록 해라."

"알겠사옵니다."

대소 태자는 금와왕이 내준 병사들을 이끌고 급히 남쪽으로 내려갔다. 여섯 왕자들도 태자의 뒤를 따랐다.

바로 그 전날 밤, 어머니께 마지막 인사를 올린 주몽은 부지런히 말을 달려 느티재 바위 앞에 이르렀다. 어둠을 배경으로 서서 세 사람이 기다리고 있었다. 하늘에는 초승달이 걸려 있었다.

"우리 주몽 대장이 드디어 오셨군."

"오래 기다렸지? 자, 출발하세."

주몽이 맨 먼저 달려 나갔다. 오이, 마리, 협보도 뒤를 따랐다. 느티재를 넘어가면 남쪽으로 내려가는 변경9 지역이었다. 네 사람은 말채찍을 휘두르며 부지런히 앞으로 나아갔다. 주몽이 탄 붉은 털빛의 절따마가 앞장서서 고개를 넘었다. 가볍고 날랜 발로 구릉을 지나고 험준한 산맥을 넘는 동안, 희부옇게 날이 밝아 왔다. 먼 산 위로 손톱만 한 해가 발돋움하고 있었다. 조그맣던 해는 주먹만 해지더니, 금세 불쑥 솟아올라 온누리를 금빛으로 비추어 주었다.

"여기서 해돋이를 볼 수 있다니. 큰 행운이로군."

주몽이 말했다.

"장관일세, 장관이야."

협보는 취한 사람처럼 귀한 장면을 감상하기에 여념이 없었다.

"벌써 새날이 밝았군."

마리도 한마디 거들었다.

---

9 변경(邊境): 나라의 경계가 되는 변두리의 땅.

"지금쯤 부여에서는 우리가 없어진 걸 알고는 난리가 났겠지. 곧 병사들이 쫓아올 거야."

오이는 이 상황을 즐길 겨를이 없다고 말하는 듯했다. 그는 긴장하는 듯한 표정이었다.

"오이 말이 맞아. 조금도 머뭇거려서는 안 되네."

주몽이 앞서 나가며 말했다. 모두들 묵묵히 뒤를 따랐다. 울창한 수풀과 깊은 골짜기를 헤쳐 나가자, 비로소 탁 트인 곳이 나왔다. 네 사람의 눈앞에 펼쳐진 것은 커다란 강이었다. 동부여의 끝인 국경에 온 것이었다.

"무척 깊겠어. 강폭도 꽤 넓은 편이로군."

강가에까지 다가간 일행을 보며, 마리가 고개를 절레절레 흔들었다.

"엄리대수[10]라는 강일세. 여기만 넘으면 추격자들이 더 이상 따라올 수 없겠지."

오이가 이마의 땀을 훔치며 말했다.

"제기랄, 근데 배가 있어야 강을 건너지."

협보가 혀를 끌끌 찼다. 그들이 넘실거리는 강물 앞에서

---

10 엄리대수(奄利大水): 『광개토대왕비』에 나오는 강 이름.

푸념하고 있을 때, 산모퉁이에서 뽀얀 흙먼지가 일어나는 게 보였다.

"대소 태자가 이끄는 추격병이 벌써 따라왔어! 우리가 부여 땅을 떠났다는 게 들통 난 모양일세."

병사들의 맨 앞에서 대소 태자가 맹렬히 질주[11]해 오고 있었다.

"게 섰거라! 항복하면 목숨만은 살려 줄 것이다. 도망치면 오직 죽음만이 있을 것이다!"

멀리서 대소 태자가 핏대를 세우며 큰 소리로 협박했다. 말할 때마다, 그가 쓴 모자에서 금은으로 꾸민 장식이 햇빛을 받아 반짝였다. 그들은 점점 더 가까이 다가왔다.

"이제 어쩐다? 조금만 있으면 화살이 빗발치듯 쏟아질 텐데."

마리와 협보 등이 걱정스러운 말들을 늘어놓았지만, 달리 뾰족한 수가 없었다. 앞에는 물살 드센 강이요, 뒤에는 창검을 비껴든 적의 무리였다. 앞으로 나아갈 수도, 뒤로 물러설 수도 없는 위태로운 지경이었다.

---

11 질주(疾走): 빨리 달림.

그때, 주몽이 말채찍으로 하늘을 가리키며 비장한12 목소리로 부르짖었다.

"하늘이시여! 나는 천제의 손자 주몽입니다. 강물이시여, 나는 물의 신 하백의 외손자입니다. 부디 굽어살펴 주소서! 나를 위해 갈대를 연결하고 거북을 떠오르게 해주소서!"

주몽이 하늘을 그윽이 쳐다보다가, 활로 강물을 세게 쳤다. 바로 그때 강물에서 물거품이 일어나더니, 헤아릴 수 없이 많은 물고기와 거북이 떠올랐다. 그 위로 갈대가 연결되면서 순식간에 강 이쪽에서 저쪽까지 이어지는 훌륭한 다리가 완성되었다.

"친구들! 어서 강을 건너세. 하늘과 땅의 신, 물의 신께서 내 기도를 들어 주셨네."

주몽이 천마를 타고 물고기와 거북의 등을 밟고 날래게 강 건너편으로 나아갔다. 오이, 마리, 협보 또한 주몽을 뒤따라갔다. 주몽 일행이 강을 다 건넜을 때, 뒤미처 강가에 이른 대소 태자가 고함을 질렀다.

---

12 비장하다: 슬프면서도 그 감정을 억눌러 씩씩하고 장하다.

"빨리 쫓아가라!"

태자의 명에 따라 병사들이 강을 건너기 시작했다. 그들이 강을 절반쯤 건넜을 때, 물고기와 거북들이 갑자기 흩어져 버렸다. 강 양쪽 기슭에 이어진 갈대 또한 눈 깜빡할 사이에 허물어지고 말았다. 물속에 빠진 병사들이 여기저기서 비명을 질러댔다.

"으악!"

말과 함께 허우적거리던 병사들은 거친 물살에 모두 떠내려가고 말았다. 맞은편 강가에서 이 모습을 지켜보던 대소 태자는, 끓어오르는 화를 주체할 수 없어 이를 부드득 갈았다. 그는 한동안 강 건너편의 주몽 일행을 쏘아보다가, 남은 군사를 데리고 궁궐로 되돌아갔다.

"천제님이시여! 강물의 신이시여! 땅의 신이시여! 구해주셔서 감사드리나이다."

주몽은 하늘을 향해, 강과 땅을 향해 두 팔을 뻗어 감사의 인사를 드렸다. 그리고는 벗들을 돌아보며 입을 열었다.

"여보게들! 오늘 나는 참으로 운이 좋았네. 신들의 도움이 아니었다면 어찌 죽음의 굴레를 벗어날 수 있었겠는가? 어젯밤 어머님께 하직 인사를 올릴 때, 해모수 님이 내 아버지라는 사실을 처음 알게 되었네. 그때 비로소 깨달았지. 천제의 후손인 내가 무엇을 해야 하는지를. 일곱 왕자들의 괴롭힘을 받을 때마다 나는 부여를 떠나고 싶었다네. 하지만, 그들이 두려워 도망치고 싶었던 것은 결코 아니라네. 그것보다도, 내 작은 가슴 속에서는 어느 먼 곳에 가서 나라를 세우고픈 꿈이 펄펄 들끓고 있었지. 이제 자네들과 같이 길을 떠나니, 그 꿈을 향해 한 발 더 가까이 다가가고 있다는 생각이 든다네. 친구들! 나와 함께 이 벅찬 일들을 일구어내지 않겠나?"

주몽이 한 사람 한 사람의 눈빛을 지그시 바라보며 이야기를 했다.

"그야 물론이지! 우리는 주몽 자네와 한뜻으로 뭉치기로 맹세한 사람들이 아닌가? 자네가 세우는 나라에서, 우리는 가장 충성스러운 신하가 되겠네."

오이, 마리, 협보가 힘차게 말했다.

"고맙네, 친구들! 자네들이 그렇게 말해 주니 힘이 나네. 자, 가세. 우리를 기다리는 저 머나먼 세상으로!"

주몽은 말채찍을 높이 치켜들어 말한 뒤, 쏜살같이 남쪽을 향해 말을 달렸다.

"이랴! 이랴!"

세 친구들도 말채찍을 휘두르며 주몽의 뒤를 따라 달려
갔다. 한참을 쉬지 않고 달리다 보니, 벌판에 우뚝 서 있는
커다란 나무가 보였다.

"워워, 저 나무 그늘에서 잠시 쉬세."

주몽이 천마를 세우자, 세 친구도 모두 말에서 내려 커다
란 나무 밑으로 갔다. 나무 옆에는 나지막한 바위 몇 개가
있었다. 다들 거기에 걸터앉아 쉴 때, 기지개를 켜던 주몽
의 머리 위로 뭔가가 보였다.

"이상하군. 비둘기 한 쌍이 왜 하필 주몽 자네 머리 위를
빙글빙글 도는 것일까?"

오이가 고개를 갸웃거리며 말했다.

"아, 참. 내가 하직 인사를 드릴 때 어머님께서 나에게 소
중한 것을 주셨다네. 그런데, 서두르다 보니 미처 못 가져
온 게 있었지 뭔가? 어쩌면, 어머니께서 비둘기 편에 그것
을 나에게 보내주신 것 같군."

"그게 뭔데?"

친구들이 한목소리로 물었다.

"잠시 후면 알게 될 걸세."

주몽은 이렇게 말한 뒤 공중으로 활을 쏘았다. 쐐액, 하
고 날아간 화살 한 대가 비둘기 한 쌍을 여지없이 꿰뚫었

다. 주몽은 땅에 떨어진 비둘기의 입을 벌려 보았다. 그 속에서 곡식 씨앗들이 나왔다.

"보리 종자일세. 나라를 세우는 데 꼭 필요한 것이라며 쌀, 보리, 콩, 조, 기장 등 오곡 종자를 주셨는데, 이것만 빠뜨려서 내내 허전했었지."

주몽이 보리 종자를 손바닥 위에 올려 보이면서 말했다.

"아!"

친구들은 무슨 귀한 보물이라도 되는 듯, 눈을 둥그렇게 뜨며 보리 종자를 바라보았다.

"이제 너희들을 살려 주마."

주몽은 말안장에서 물통을 가져온 뒤, 죽은 비둘기들에게 물을 뿌려 주었다. 그러자, 거짓말처럼 비둘기들이 살아나더니, 부르르 날개를 털고는 공중을 향해 기운차게 날아올랐다.

"어머니의 심부름을 해주어서 고맙다. 잘 가라, 비둘기들아!"

주몽은 하늘 높이 날아가는 비둘기들에게 손을 흔들어 주었다. 이 모습을 지켜보던 오이, 마리, 협보는 벌린 입을 다물지 못했다. 이미 엄리대수를 건널 때 그의 특별한 능력을 보았지만, 죽은 비둘기를 되살려내는 신통력까지 갖춘 것을 보고는 두려움마저 느꼈던 것이다.

'이걸 가져가거라. 나라를 세우는 데 필요한 것이다. 농사는 모든 것의 근본이니라.'

하늘을 쳐다보는 주몽의 귓가에, 어머니가 들려주신 말씀이 맴돌았다. 짧은 휴식이 끝난 뒤, 주몽이 말 위에 훌쩍 올라탔다.

제4장 졸본부여1 땅에서 고구려를 세우다

일행은 다시 길을 떠났다. 한참 동안 앞만 보며 달리던 그들은 모둔곡2이라는 곳에 도착했다. 그런데, 길 한복판에 세 남자가 서 있는 게 보였다.

"웬 사람들이지?"

주몽은 망설이지 않고 앞으로 나아갔다. 그러자, 그 남자들이 주몽에게 허리 숙여 인사를 했다. 그들은 모두 현명하고 지혜로워 보였다.

"당신들은 누구시기에 나를 이토록 따뜻하게 맞이해 주시는 것입니까?"

주몽이 질문을 던졌다.

"저희는 모두 이곳에 사는 사람들입니다. 그런데, 오늘 성인3께서 이곳을 지나가신다고 하늘 신께서 알려주셨습니

---

1 졸본부여(卒本扶餘): 고구려 시조 주몽이 세운 고구려의 다른 별칭(別稱).
2 모둔곡(毛屯谷): 고구려의 시조인 동명성왕 주몽이 엄사수를 건너 부여를 탈출하여 세 명의 현인들을 만난 곳.

다. 신께서 꿈에 나타나, '맑은 하늘에 쌍무지개가 뜬 곳으로 가라. 그곳으로 빛이 이끌어 주리라.'라고 말씀하셨습니다. 저희 모두 아침 일찍 목욕재계[4]한 뒤 쌍무지개 걸린 쪽을 향해 길을 떠났었지요. 밝은 빛이 이끄는 대로 와 보았더니, 정말로 성인께서 오시는 걸 발견하게 된 것입니다."

"아, 그러시군요."

주몽이 대답하면서 위를 쳐다보니, 쌍무지개가 빛에 휩싸여 홀연히 하늘로 올라가고 있었다.

"저는 재사라고 합니다."

맨 먼저 삼베옷을 입은 남자가 허리를 숙였다.

"저는 무골이라 합니다."

두 번째로, 도인[5]들이 입는 검은색 옷을 걸친 남자가 허리를 숙였다.

"저는 묵거입니다."

맨 마지막에는 물풀로 짠 옷을 입은 남자가 허리를 숙였다.

---

3 성인(聖人): 지혜와 덕이 뛰어나 길이길이 우러러 받들어 본받을 만한 사람. 성자(聖者).
4 목욕재계(沐浴齋戒): 부정(不淨)을 타지 않도록 목욕하고 마음을 가다듬는 일.
5 도인(道人): ① 도를 깨친 사람. 도사(道士).

"저는 주몽이라고 합니다. 이쪽은 제 친구 오이, 마리, 협보입니다."

주몽도 공손히 인사를 하면서 세 친구를 소개해 주었다. 재사, 무골, 묵거와 오이, 마리, 협보가 서로 마주 보며 허리 숙여 인사를 했다.

"성인께서는 어디로 가십니까?"

인사가 끝난 뒤, 재사가 주몽에게 물었다.

"우리는 남쪽으로 내려가 나라를 세울 작정입니다."

"그렇다면, 부디 저희도 데려가 주십시오. 성인께서 나라를 세우실 때 조금이라도 보탬이 되고자 합니다."

"그게 정말이신가요?"

"그렇습니다. 앞으로 성인께서 하시는 일에 목숨을 바치려 하오니, 저희를 신하로 받아 주십시오."

"좋소. 그렇다면 내 그대들에게 성을 지어 주겠소."

주몽은 재사에게 극씨라는 성을 지어 주었다. 무골에게는 중실씨, 묵거에게는 소실씨를 각각 성으로 지어 주었다.

"성인께서 이처럼 저희에게 성씨를 내려 주시니, 그 은혜가 크고도 깊습니다."

재사, 무골, 묵거가 주몽에게 허리 숙여 고마움을 표했다.

"그대들이 나에게 와 주었으니, 오히려 내가 고맙소이다."

주몽이 세 사람의 손을 일일이 잡아 주었다. 재사, 무골, 묵거의 얼굴에 기쁨이 서렸다.

"남쪽으로 더 가 봅시다."

주몽의 말에 일행이 남쪽을 향해 말을 달렸다. 가도 가도 드넓은 벌판이 바다처럼 이어져, 지평선 너머로 해가 뜨고 졌다. 한참을 내려간 뒤, 비로소 들판 너머로 산들이 머리를 내밀었다. 조금 더 나아가자 우묵한 골짜기를 품은 높다란 산봉우리가 나타났다. 산봉우리 아래로 흐르는 강물이 깎아지른 벼랑을 휘돌아 굽이치고 있었다.

"이 강이 바로 압록강의 한 갈래인 동가강6입니다. 여기서부터는 졸본부여의 땅입니다."

지리에 밝은 재사가 주몽에게 설명했다.

"이곳이 졸본부여의 땅이라 했소? 강물이 풍부하게 흐르고, 붉은 황토가 기름진 것을 보니 농사짓기에 알맞은 곳이란 생각이 드오. 풍광 또한 참으로 빼어난 곳이구려."

---

6 동가강(佟家江): 중국 요령성(遼寧省)과 길림성(吉林省)의 접경지대를 흐르는 강. 현재 이름은 부이강이며 압록강의 한 지류인 혼강(또는 동가강)의 지류이다.

주몽이 말했다.

"그렇습니다."

"천제님께서 돕지 않았다면 어찌 이곳까지 이를 수 있었 겠소? 나는 장차 이 졸본부여의 땅을 도읍지로 삼고 싶소. 여기서 나라의 터전을 일구고, 서울로 삼는다면 앞으로 크 게 번창할 것이오. 그대들의 생각은 어떻소?"

"참으로 옳으신 말씀이옵니다. 저희도 앞으로 신하의 도 리를 다하겠사옵니다."

재사와 무골과 묵거가 동시에 무릎을 꿇었다. 어느새 신 하가 임금을 대하는 말투로 바뀌어 있었다. 이에 오이, 마 리, 협보도 주몽 앞에 무릎을 꿇으며 아뢰었다.

"재사, 무골, 묵거 세 분께서 주몽 대장님의 어진 신하가 되었으니, 저희도 신하의 예를 갖추고자 하옵니다."

"어허, 친구들! 이거 왜 이러나? 어서 일어나게."

주몽이 팔을 홰홰 저으며 일으키려 했다. 하지만, 세 사 람은 땅에서 일어나지 않았다.

"우리는 어려서부터 주몽 대장님을 믿고 따랐소이다. 대 장님께서 나라를 세우려는 큰 뜻을 품고 남쪽 땅에 와서 세 분 어진 신하까지 맞이하셨으니, 저희 또한 신하의 도리를 지키고자 하옵니다. 앞으로 주몽 대장님을 우리의 왕으로 모시고자 하오니, 부디 저희의 청을 받아 주옵소서."

굳은 각오를 가지고 말하는 것을 보고, 주몽은 어쩔 수 없이 세 사람의 청을 받아주기로 했다.

"좋소. 내 그대들을 신하의 예로써 대하기로 하겠소. 다만, 그대들은 나와 함께 어릴 적부터 산과 들판을 쏘다니며 우정을 다졌으니, 그 마음만큼은 죽을 때까지 간직할 것이오."

"망극하옵니다."

오이, 마리, 협보가 엎드리자 재사, 무골, 묵거도 함께 엎드려 절을 했다. 이로써, 그들 여섯 사람의 신하는 주몽을 왕으로 모시는 의식을 치른 셈이었다. 아직은 다스릴 땅도 없고 백성들도 없건만, 이날의 의식을 통해 하나의 나라가 세워지고 있었다.

"하지만, 아직은 나라를 세운 것이 아니오. 그러니, 그대들은 당분간 나를 대장이라 부르시오."

주몽이 말했다.

"알겠사옵나이다. 그러나, 머지않아 우리의 임금님으로 높여 부를 날이 반드시 올 것이옵니다."

재사가 아뢰었다.

"고맙소. 이제 졸본부여 왕을 만나러 가야겠소."

주몽은 이렇게 말하며, 앞장서 나아갔다. 일행은 곧 성문 앞에 도착했다.

"성문을 좀 열어주시오."

협보가 문 앞에서 우렁우렁한 목소리로 말하자, 두 사람의 문지기가 창으로 막아섰다.

"누구시오?"

"나는 주몽 대장님을 모시는 부하입니다. 우리 대장님께서 졸본부여 임금님을 알현하고자 하니, 이 문 좀 열어주시오."

"조금만 기다려 보시오."

문지기는 다른 병졸 하나를 안으로 들여보냈다. 조금 지나자 그 병졸이 와서 문지기에게 말했다. 그 말을 들은 문지기가 문을 열어주었다.

"안으로 드시지요. 우리 임금님께서 그대들을 만나 보겠다고 하십니다."

성문 안으로 들어간 주몽은 궁궐 안으로 안내되었다.

"그대는 어디서 온 누구인가?"

졸본부여 왕 연타발[7]이 높다란 의자에 앉아 물었다. 그는

---

7 연타발(延陀勃): 비류를 시조로 하는 백제 건국 설화에서 나오는 백제 시조인 온조왕의 외할아버지.

졸본부여 다섯 부족 가운데 하나인 계루부8의 우두머리였다.

"저는 천제의 손자이고 물의 신 하백의 외손자인 주몽이라 하옵니다. 저는 본래 동부여에서 태어나 열아홉 해 동안 왕자로 살아왔사옵니다. 하지만, 금와왕의 일곱 왕자들이 저를 시기하여 죽이려 하였기에, 그들의 손아귀에서 벗어나고자 얼마 전 부여 땅을 탈출하였사옵니다. 부디 대왕마마께서 큰 은혜를 베풀어주셔서 저를 거두어 주시기를 바라나이다."

주몽이 공손하게 아뢰었다. 연타발은 주몽의 기품 있는 모습을 보고 단박에 반해 버렸다.

'음, 이 사람에게서는 어딘지 모르게 귀티가 흐르는군.'

"그대는 동부여의 왕자라고 했지? 내가 알기로는 부여 말로 활을 잘 쏘는 사람을 주몽이라 부른다던데. 그렇다면, 그대는 정말로 활을 잘 쏘는가?"

"외람되지만, 그러하옵니다."

---

8 계루부(桂婁部): 원래 졸본부여 5부족 가운데 하나였음. 훗날 주몽이 창업한 고구려의 정치 세력을 구성하고 있는 5부족 중의 하나이다. 고구려는 계루·절노·순노·관노·소노의 다섯 부족으로 이루어져 있었으며, 계루부는 고구려 5부의 중심을 이루었다.

"언제부터 그렇게 활을 잘 쏘았는가?"

"제가 기억하기로는 일곱 살 때부터였을 것이옵니다. 어머님께서 작은 활을 만들어 주신 뒤부터, 저는 파리와 모기 따위를 맞추면서 놀았사옵니다. 그다음부터는 저 스스로 싸리나무와 버드나무로 화살을 만들어 새나 작은 길짐승을 쏘아 맞히는 연습을 하였사옵니다. 아침부터 저녁까지 활 쏘는 일에 열중하여 열 번 쏘아 열 번 모두 맞히게 되니, 사람들이 저에게 주몽이라는 이름을 붙여 주게 된 것이옵니다."

연타발은 주몽의 말을 들으면서 저도 모르게 의자를 손으로 탁 쳤다. 기분 좋은 일을 만났을 때나 듣기 좋은 말을 들었을 때 의자를 손으로 탁 치는 버릇을 지닌 그였다. 주몽의 훤칠한 키와 수려9한 얼굴, 온몸에서 풍겨 나오는 당당하고 웅장한 기상10이 무엇보다 좋았다.

'아아, 참으로 늠름한 청년이로구나.'

연타발에게는 왕위를 물려줄 아들이 없었다. 왕후와의 사이에 세 딸만을 둔 상태였다. 그러한 연타발이었기에, 듬직한 주몽을 사위로 삼고 싶은 마음이 간절해졌다. 그러나,

---

9 수려(秀麗): 빼어나게 아름다움.
10 기상(氣像): 사람이 타고난 올곧은 마음씨와 그것이 겉으로 드러난 모양.

아무리 급해도 바늘허리에 실을 매어서 쓸 수는 없는 법이었다. 우선 주몽을 졸본부여 땅에 붙잡아두는 것이 현명한 방법이었다.

"주몽! 그대는 이 땅이 마음에 드는가?"

"물론이옵니다. 양쪽 강기슭을 적시며 흘러가는 비류수11를 보면서 이 땅의 넉넉함을 짐작하였사옵니다."

"좋아! 그대의 청을 들어주겠노라. 주몽 그대는 함께 온 사람들과 더불어 이 땅에서 살아가도록 하라."

"성은이 망극하옵니다."

주몽은 연타발의 허락을 받은 뒤, 비류수 강가에서 터전을 일구며 살아가게 되었다.

"주몽 대장님! 이제 저희들도 부하들을 불러 모으겠습니다."

재사가 말했다.

"그렇게 하구려."

재사 무골 묵거는 원래 하백이 다스리는 압록강 유역의

---

11 비류수(沸流水): 중국 요령성(遼寧省)과 길림성(吉林省)의 접경지대를 흐르는 강. 현재 이름은 부이강(富尒江)이며 압록강의 한 지류인 혼강(또는 동가강)의 지류이다.

군장들이었다. 유화 부인의 편지를 받은 아버지 하백이 자신의 부하 중에서 가장 믿을 만한 군장들을 뽑아 모둔곡으로 보냈던 것이다.

"주몽 대장님! 저희도 동부여에 있는 부하들을 이곳으로 부르겠습니다."

오이가 말했다. 오이, 마리, 협보 또한 군장들의 후손인 까닭에 거느리는 부하들이 있었다.

"좋도록 하게나."

그로부터 며칠이 지나자 재사, 무골, 묵거의 부하들이 비류수 근처로 모여들었다. 오이, 마리, 협보의 부름을 받고 부여 땅을 몰래 벗어난 부하들도 도착했다. 비류수 강가에는 수백 명으로 불어난 식구들 때문에 수십 채의 천막을 새로 쳐야 했다.

"이것은 나의 어머니께서 주신 씨앗일세. 이 귀한 씨앗을 뿌려, 우리가 터를 잡은 비류수 강가의 땅을 옥토로 가꾸어 보세."

많은 식구들이 모이게 되자, 주몽은 오곡 종자를 내놓으며 말했다.

"알겠습니다, 주몽 대장님!"

모여 있는 사람들이 다들 큰 소리로 부르짖었다. 먼저 곡

팽이로 땅을 파서 돌을 골라낸 다음, 쟁기로 흙을 갈아엎어 땅속에 숨을 불어넣어 주었다. 처음에는 바둑판처럼 네모반듯하게 밭두둑을 만들었다. 하지만, 산자락에 잇대어 있는 곳에는 반달 모양으로 두두룩하게 만들었다. 그다음에 이랑과 이랑 사이에 고랑을 파서 씨앗을 심고, 물을 뿌려 주었다.

"심고 뿌리는 일을 했지만, 이것으로 끝이 아니다. 거친 흙을 농토로 바꾸려면 정성을 기울여야 한다. 씨앗이 여물 때까지 날마다 돌봐주어야 하는 것이다."

"대장님, 정성을 다하겠습니다!"

주몽의 말을 들은 부하들은 기쁜 빛을 띠며 큰 소리로 대답했다. 주몽도 함께 일하는 것을 마다하지 않았다. 새참 때는 함께 주먹밥을 먹었다. 그러면서도, 주위 사람들에게 격려해 주는 것을 잊지 않았다.

"잘 알겠습니다."

사람들은 대답하면서도 볼이 미어져라 주먹밥을 먹느라 바빴다. 일하는 즐거움도 컸지만, 먹는 즐거움은 더욱 컸다. 주인의 논밭을 일구어 주고 품삯을 받는 일이 아니었다. 씨를 뿌리고 거두는 것 모두 자신의 일이었다.

"내 손으로 농토를 가꾸다니, 꿈만 같구먼."

"그려. 동부여에서 살 때는 곡식을 수확할 때에도 세금으로 다 뜯기고 나면 별로 남는 게 없었지."

"허나, 이제부터는 그럴 염려가 없지. 안 그런가? 하하."

"그래도 졸본부여에 세금을 내기는 해야지."

"두말하면 잔소리지. 이 땅에 살게 해준 것만 해도 분에 넘치게 고마운데."

비류수 강가에 모여든 사람들은 너나없이 농부가 되는 기쁨을 충분히 맛보고 있었다. 아무에게도 간섭받지 않고 씨앗을 뿌리며 일구는 삶은 고귀한 것이었다. 재사와 무골과 묵거도 부하들을 다독이며 함께 팔을 걷어붙였다. 오이와 마리와 협보 또한 부하들을 격려하며 곡괭이질과 쟁기질을, 호미질을 서로 하겠다고 나섰다. 구슬땀을 흘리며 하루 일을 끝내면서도, 단내가 나도록 일을 한 뒤 노곤한 몸으로 눕는 일이 마냥 기쁘기만 했다.

어느 하루, 연타발의 신하 한 사람이 왕의 명령을 가지고 왔다.

"주몽 대장님! 지금 궁궐로 들어오시라는 대왕마마의 분부가 계셨사옵니다."

"알겠소."

주몽은 곧장 신하를 따라서 궁궐로 들어갔다.

"대왕마마. 저를 부르셨사옵니까?"

주몽이 연타발에게 허리 숙여 인사를 올렸다.

"어서 오게. 자, 저쪽으로 가세."

연타발은 웃음 가득한 얼굴로 주몽을 맞이하면서, 다른 방으로 안내하였다. 그곳에는 온갖 진귀한 음식이 가득 차려진 식탁이 놓여 있었다. 연타발은 자리에 앉기를 권하며, 주몽에게 맛있는 음식을 권했다.

"황공하옵니다."

주몽은 처음에는 사양했지만, 거듭되는 권유를 받고 맛있게 먹었다. 주몽이 음식을 맛있게 먹고 물 한 모금을 막 마신 뒤였다. 연타발이 가볍게 손뼉을 치자, 안에서 한 여인이 나와 식탁 옆에 섰다.

"주몽 대장! 이쪽은 나의 둘째 딸이라네."

"소서노라 하옵니다."

인사하는 눈매에 기품이 서려 있었다.

"주몽이라 하옵니다."

주몽은 엉겁결에 식탁에서 일어나 인사를 했다. 서로 눈이 마주쳤을 때 소서노 공주12의 눈에서 수줍은 미소가 빛

---

12 소서노(召西奴) 공주 : 고구려를 건국한 주몽왕의 아내이자 백제의 시조인 온조왕의 어머니가 된 인물.

나고 있었다. 공주는 주몽과 인사를 주고받은 뒤, 안쪽으로 다시 사라졌다. 공주가 눈에 안 보이는 것을 확인한 뒤, 왕이 목소리를 낮추어 말했다.

"저 애가 궁전에서 공주로 자랐지만, 무예 솜씨도, 상단13을 이끄는 수완도 보통이 아니라네. 벌써 한 나라를 일으켜 세울 만한 넉넉한 재물까지 지녔단 말일세, 하하. 나와 왕후 사에는 세 딸이 있는데, 그중에서도 둘째 공주의 재주가 가장 뛰어나다네. 결혼하여 잘 사는가 싶더니만······ 우태가 일찍 세상을 떠난 뒤, 저 애는 스물일곱 살이 되도록 어린 두 아들을 키우며 홀로 지낸다네."

연타발의 목소리는 슬픔을 머금고 있었다. 우태는 연타발의 사위로, 졸본부여의 군장 가운데 하나였다.

"아, 네."

주몽은 뭐라고 말해야 할지 몰라서 그냥 듣고만 있었다. 연타발의 말을 듣는 동안 동부여에 있는 아내 예씨 부인이 떠올라 고민스러웠던 것이다.

"내가 오늘 주몽 대장을 부른 것은, 내 딸자식을 한번 보

---

13 상단(商團): 중국에서, 상인 단체가 시장을 지키려고 스스로 조직한 일종의 사설 군대.

게 해주고 싶어서였네. 나는 이제 늙고 병이 들어서, 이 졸본부여를 더 이상 다스려 나갈 힘이 없네. 나에게 일찍이 아들이 있었다면 진즉 태자로 삼아 나랏일을 돌보게 했을 텐데. 이런 생각 저런 생각을 하고 있던 차에 동부여를 탈출한 자네가 우리 땅에 들어온 걸세. 내가 얼마나 기뻤는지 아나? 여보게 주몽 대장, 그대를 내 사위로 삼고 싶다네. 내 둘째 딸은 얼굴도 예쁘지만, 웬만한 사내보다 그릇이 커서 한 국가를 다스릴 만한 충분한 능력까지 갖추고 있다네. 자네 생각은 어떤가?"

"그저 황공할 뿐이옵니다. 하지만, 조금 생각할 겨를을 주옵소서."

"그래? 하하하. 좋네, 좋아. 내 기다리지. 하지만, 올해가 가기 전에는 꼭 답을 줘야 할 걸세."

"알겠사옵니다."

궁궐에서 나온 주몽은 그날 오후 재사와 무골, 묵거, 오이와 마리, 협보를 모아놓고 말했다.

"여보게들! 우리를 이 땅에 살게 해주신 졸본부여 임금님께 고마움을 표하고 싶네. 곧 찬 서리가 내리고 겨울이 찾아올 테니, 그때 사냥을 해서 짐승을 잡아 바치고자 하는데, 그대들 생각은 어떤가?"

"좋은 생각이십니다."

다들 한목소리로 찬성을 했다.

동틀 무렵, 넓은 벌판 위로 한 떼의 사냥꾼들이 말을 몰아 달리고 있었다. 주몽과 그 부하들이었다. 주몽은 절풍을 쓰고 거기에 여러 개의 깃털을 꽂은 차림이었다. 그들이 말채찍을 휘두르자, 말들은 흙먼지를 일으키며 골짜기 입구를 향해 폭풍처럼 몰아쳐갔다. 창검과 깃발들이 치솟은 행렬의 선두에서 주몽이 고삐를 잡아챘다. 기다란 울음과 함께 천마가 멈춰 섰다. 주몽이 활을 높이 치켜들고 외쳤다.

"자, 여보게들! 오늘은 졸본부여 땅에 터를 잡은 기념으로 우리 스스로 사냥대회를 여는 첫날일세. 이 골짜기에서 마음껏 사냥을 즐겨 보세나!"

"알겠습니다, 대장님."

재사와 오이 등 부하들의 얼굴에는 밝은 빛이 넘쳤다. 그들은 부하들과 함께 사냥터로 떠났다. 주몽과 그의 부하들은 이날 골짜기와 언덕을 누비며 수많은 짐승을 사냥했다.

다음날, 주몽은 부하들과 함께 궁에 들렀다. 짐승을 실은 수레도 함께 끌고 갔다. 궁궐 뜰 앞에서 수레를 본 연타발의 눈이 휘둥그레졌다.

"주몽 대장! 이, 이게 다 뭔가?"

"대왕마마께 드리는 선물이옵니다."

"이 집채만 한 호랑이며, 늑대며, 사슴들을 몽땅?"

"그러하옵니다. 호랑이는 가죽을 벗겨 대왕마마의 의자를 멋지게 장식해 드릴까 하옵니다. 제 부하 중에는 짐승 가죽으로 털옷 만드는 재주를 지닌 자가 있사옵니다."

"이 짐승들을 정말 자네 혼자서 잡았는가?"

"예."

이때, 궁궐 기둥에 기대 서 있던 소서노 공주가 뜰 앞으로 왔다.

"주몽 대장님의 활 솜씨는 신의 경지에 이르셨군요."

"지나친 칭찬이십니다."

주몽이 겸손해하자, 소서노 공주가 손으로 입을 가리며 웃었다.

"주몽 대장, 그동안 내가 말한 것에 대해 생각은 해보았나?"

연타발이 물어볼 것이라고 짐작은 했지만, 공주가 있는 자리에서 물을 줄은 몰랐다. 주몽은 당황스러워 어찌할 바를 모를 지경이었다. 동부여에는 엄연히 자신과 혼인한 예씨 부인이 있었기 때문이다. 게다가, 예씨 부인은 자신의 아이까지 가진 몸이 아닌가. 하지만, 목숨을 걸고 동부여를 탈출한 지금, 언제 그곳으로 갈지는 아무도 모르는 일이었다. 어쩌면, 영영 되돌아갈 수 없을지도 몰랐다.

'나는 이미 모둔곡에서 만난 세 사람의 현인14들에게 앞으로 나라를 세우겠다고 맹세했다. 그리고 그들은 나에게 신하가 되겠다고 맹세했다. 이 일을 어쩌면 좋은가?'

주몽은 지난 몇 개월 동안 이 문제로 고민해 왔다. 나라를 세우겠다는 맹세와 졸본부여 왕 연타발의 부마15가 되는 것은 얼핏 아무 관련이 없어 보였다. 하지만, 두 개의 문제가 긴밀하게 연결된 상태로 오로지 자신의 선택을 기다리고 있었다. 선택은 결심의 문제이기도 했다.

연타발은 이미, 자신을 사위로 삼겠다고 숨김없이 털어놓았다. 소서노 공주 또한 자신을 좋아하는 눈치였다. 공주의 나이가 자신보다 여덟 살 위였고, 그녀에게 어린 두 아들이 있었지만, 그런 것은 아무 문제가 아니었다. 공주

---

14 현인(賢人): 어질고 총명하여 성인에 다음가는 사람.
15 부마(駙馬): 임금의 사위. '부마도위(駙馬都尉)'의 준말.

의 슬기로움, 멀리 내다볼 줄 아는 현명함은 모둔곡의 현자[16]인 재사에 견줄 만큼 뛰어났기 때문이다. 기왕 새로운 나라를 세우고자 맹세한 바에, 이 졸본부여 땅이야말로 가장 든든한 반석이 되기에 충분했다. 예씨 부인에게는 진정으로 미안하기 짝이 없는 일이지만, 큰일을 하기 위해서라면 어쩔 수가 없다는 생각이 들었다.

"예, 대왕마마. 생각해 보았사옵니다."

"내 둘째 사위가 되어 주겠나?"

"소서노 공주님이 거절하지 않으신다면 그렇게 하겠나이다."

"소서노야, 주몽 대장 말 들었지? 거절하겠느냐?"

"아니옵니다. 주몽 대장님을 궁에서 처음 뵙던 날부터 제 짝으로 점찍어두고 있었사옵니다."

"참으로 그러하냐? 네 말을 들으니 정말 기쁘구나. 그렇다면, 이제 주몽 자네는 내 사위일세. 내가 하늘의 복을 타고난 것이로구먼. 다 늦은 나이에 이토록 든든한 사위를 보게 되었으니 말일세. 아하하하하."

---

16 현자(賢者): 어질고 총명하여 성인에 다음가는 사람. 현인.

연타발은 하늘을 우러러 커다랗게 웃고 또 웃었다.

뜨거운 태양 빛이 엷어졌다. 밤과 대추가 익어가는 계절로 접어들 무렵, 연타발은 두 사람의 혼례식을 성대하게 차려 주었다. 주몽과 소서노 공주는 많은 사람의 축복 속에 부부가 되다.

"참으로 한 쌍의 원앙이 따로 없도다. 내 이제 죽어도 여한이 없느니라."

어느 날, 주몽과 소서노 공주가 연못가를 다정하게 거닐고 있었다. 그 모습을 먼발치로 바라보던 연타발은 수염을 쓸어내리며 흐뭇하게 미소 지었다. 그해 겨울, 연타발은 자신의 말처럼 평온한 얼굴로 세상을 떠났다. 운명하기 전, 그는 왕실 가족 앞에서 유언을 남겼다.

"주몽 대장에게……왕위를 넘긴다."

연타발의 장례는 졸본부여에 거주하는 남녀노소 신민들의 큰 슬픔 속에 치러졌다. 국상이 끝나자 소서노가 주몽에게 말했다.

"이제는 당신께서 왕위에 앉으셔야 합니다."

"내가 어떻게 그럴 수 있겠소?"

주몽은 펄쩍 뛰었다. 하지만, 소서노의 결심은 꺾을 수 없었다.

"왕좌가 단 하루라도 비어서는 나라가 큰 혼란에 빠질 터이니, 서두르셔야 합니다. 그것은 아바마마의 뜻이기도 합니다."

주몽은 소서노와 왕실 가족들과 신하들의 간청을 받아들이기로 했다. 소서노는 왕실 곳간을 열어 성대한 잔치를 벌이며 새 왕의 즉위식을 열었다.

기원전 37년, 왕위에 오른 주몽왕은 신하들과 백성들 앞에서 발표했다.

"이제부터는 국호17를 고구려라 할 것이다."

주몽왕은 국호를 바꾸는 일에 대해 소서노 왕후와 먼저 상의했다. 또한, 국상으로 임명한 재사와도 긴 시간 동안 논의했다.

"새 술은 새 부대에 담아야 합니다. 대왕마마의 뜻에 따르겠습니다."

중대 발표가 있기 전, 소서노 왕후는 주몽왕의 의견에 선뜻 동의했다.

"소신의 생각도 왕후 마마와 같사옵니다. 새로운 나라를

---

17 국호(國號) : 나라의 이름.

일으키신다는 모둔곡의 약속을 지키셨으니, 새로운 나라 이름을 대왕마마께서 정하시는 것이 마땅하다고 아뢰옵니다."

국상 재사도 주몽왕의 의견에 적극적으로 옳다는 의견을 보태었다. 이로써, 졸본부여 땅의 임금이 된 주몽왕은 즉위하자마자 나라의 이름을 고구려로 새로 정하게 되었다. 고구려의 시조왕이 된 주몽왕은 이때 자신의 성씨를 해씨에서 고씨로 바꾸었다.

제5장 비류국 송양왕과의 대결

주몽은 왕위에 오른 뒤, 때때로 시간을 내서 소서노 왕후와 함께 궁전 뜰을 걸었다. 우태와의 사이에서 낳은 비류와 온조는 친자식처럼 아끼며 위해 주었다. 왕자가 된 두 아이도 주몽을 잘 따랐다. 소서노 왕후는 그런 주몽왕에게서 무한한 사랑과 굳게 믿고 의지하는 마음을 느꼈다.

"대왕마마. 우리가 딛고 서 있는 이 졸본 땅은 너무나 좁사옵니다. 이제 국호도 새로 정하셨사오니, 주변 나라를 하나씩 물리치시옵소서. 그리하여 고구려라는 이름이 세상에 널리 알려질 수 있게 하셔야 할 줄 하옵니다."

어전회의 때, 국상 재사가 아뢰었다.

"경의 말이 옳소. 여기서 더 이상 웅크리고 있다가는 주변 나라의 침략에 손 한 번 써 보지 못하고 무너질지도 모르겠소. 그러니, 경들이 좋은 의견을 말해 보시오."

주몽왕은 좌우를 둘러보며 신하들의 의견에 귀를 기울였다.

"먼저 가장 허약한 이웃 나라를 손에 넣으시옵소서. 그런 뒤, 좀 더 강한 주변 나라를 공격하면서 세력을 넓혀야 하옵니다."

재사가 계책을 아뢰었다. 재사에 이어 무골, 묵거도 의견을 보태었다. 임금의 호위를 맡은 오이, 마리, 협보도 세부적인 작전 계획을 아뢰었다. 주몽은 그동안 오이를 시켜 병사들을 훈련해 왔다. 그러나, 나라의 살림살이는 넉넉지 않았다.

"제 상단에서 쌀과 소금, 털가죽, 고기, 베를 내놓겠습니다."

소서노 왕후가 제안했다.

"고맙소."

주몽왕이 감격스러운 표정으로 제안을 받아들였다. 이후, 훈련에 따른 적지 않은 비용은 늘 소서노 왕후가 대주었다. 그 덕분에 병사들은 배를 곯지 않았고 한겨울에도 추위에 떨지 않았다. 오로지 훈련에만 집중할 수 있어서, 사기는 더욱 높아만 갔다.

"군사훈련은 오이가 맡아 주시오."

주몽왕이 무장 오이에게 지시했다. 오이는 마리, 협보와 함께 병사들의 훈련을 책임졌다.

"예."

동부여 군장의 후손답게 세 사람은 온갖 병장기 다루는 솜씨가 훌륭했다. 칼 쓰는 법, 창 쓰는 법, 활 쏘는 법, 말 타는 법뿐만 아니라 진[1]을 짜서 적의 병력을 쳐부수는 법까지 빠짐없이 가르쳤다.

주몽왕은 이처럼 잘 훈련된 군대를 이끌면서 주변 나라들을 차례로 무너뜨렸다. 이에 따라, 원래 협소하기만 했던 졸본부여의 땅도 점차 넓어져 갔다. 영토를 넓히기 위해 애쓰던 주몽왕은 잠시 쉬어 가기로 했다. 신하들과 더불어 작은 사냥 대회를 여는 것으로 숨을 고르기로 한 것이다. 사냥 여행을 떠난 주몽왕 일행은 산과 골짜기를 누비다가 어느덧 비류강 근처에 이르렀다. 그때, 강물 위로 뭔가가 떠내려오는 것이 보였다.

"저게 뭐지? 웬 나뭇잎들이 떠내려오는 것인가?"

주몽왕의 말에 신하 부분노[2]가 얼른 말에서 내린 다음 강물로 다가가 떠내려오는 것을 건져왔다.

"대왕마마. 나뭇잎이 아니라 채소 잎이옵니다."

---

1 진(陣): 군사들을 잘 편성하여 배치한 것.
2 부분노(扶芬奴): 고구려 초기의 장수 이름.

"부분노 군장의 말이 옳군. 그렇다면 강 상류 쪽에 우리가 알지 못하는 나라가 있고, 또한 그곳 사람들이 살고 있다는 것인데, 한번 가보는 게 어떻겠소?"

주몽왕은 부분노에게서 받은 채소 잎을 들어 보이며, 신하 오이에게 물었다.

"대왕마마. 그 나라 사람들이 만약 마마를 해치려 든다면 어쩌시려고 그러십니까?"

"우리가 그들을 해치려는 것이 아니니, 그들 또한 우리를 나쁘게 대하지는 않을 것이오."

주몽왕은 오이를 안심시키고는 천마의 등에 올라탔다. 천마가 앞장서서 비탈길을 올라가자, 신하들과 병사들도 주몽왕의 뒤를 따랐다. 몇 개의 고개를 넘고 깊은 골짜기를 지나자 높다란 산봉우리가 우뚝 서 있었다. 산봉우리 너머로 하얀 연기가 솟아오르고 있었다.

"흰 연기가 보이는구려. 봉우리 너머에 사람 사는 마을이 있다는 증거가 아니겠소? 거기에, 우리가 모르는 나라가 있을 것이오."

주몽왕은 신하들에게 말한 뒤 험한 언덕을 올라갔다. 한참을 오르다 보니 산꼭대기에 이르렀다. 아래를 내려다보니, 기름진 땅이 넓게 펼쳐진 가운데 올망졸망한 마을들이 한눈에 들어왔다. 그 마을들의 한가운데에는 아담한 왕궁이 자리 잡고 있었다.

"저 나라가 궁금해지는군."

주몽왕은 신하들을 거느리고 산에서 내려갔다. 굽이진 비탈길을 내려간 뒤 왕궁 앞에 이르렀을 때, 창검을 든 병사들이 막아섰다.

"물러서시오. 그대들은 누구시오?"

"고구려 주몽 대왕께서 너희 나라 임금을 만나러 오셨다. 길을 안내하도록 하라."

군장 부분노가 앞으로 나서며 말했다. 병사는 부분노 군장의 당당한 모습에 주눅이 든 눈치였다.

"조금만 기다리시오."

그가 다른 병사를 왕궁으로 보내 궁문 앞의 상황을 알렸다. 잠시 후 궁문이 활짝 열렸다.

"안으로 들어오시오."

병사의 안내를 받고 주몽왕 일행이 궁문으로 들어섰다. 창을 높이 치켜든 갑옷 차림의 병사들이 양쪽으로 줄지어 서 있는 게 보였다.

'줄이 좀 비뚜름하군. 제대로 다듬어지려면 아직 멀었어.'

주몽왕의 뒤를 따라가던 오이는 그 모습을 보고 속으로

중얼거렸다.

"대왕마마 납시오."

궁문 앞의 신하가 길게 늘어뜨리는 음색으로 말할 때, 금은으로 치장한 옷을 입고 번쩍이는 왕관을 머리에 쓴 임금이 말을 타고 나타났다. 두 왕은 말 위에 탄 채로 서로를 향해 허리를 숙여 인사했다.

"이렇게 귀하신 분을 만나게 되었으니, 참으로 반갑구려. 여기서 이럴 게 아니라 궁전에 들어가서 얘기를 나누시지요."

임금이 주몽왕 일행을 데리고 들어갈 때, 병사들이 북을 치고 주라3를 불어 환영의 뜻을 표시했다. 두 사람은 신하들의 호위를 받으며 각자의 자리에 앉았다. 임금이 먼저 질문했다.

"그대는 어디에서 오신 누구시오?"

"나는 졸본부여 땅을 다스리는 고구려 왕 주몽이오."

"그런가요? 처음 들어보는군요. 나는 이 나라의 왕인 송양왕이오."

---

3 주라(朱喇): 붉은 칠을 한 소라 껍데기로 만든 나팔의 하나. 주둥이가 비교적 크고 길쭉하다.

"그대의 조상들께서는 어떤 왕이셨소?"

이번에는 주몽이 질문을 던졌다.

"나의 조상님들은 여러 대에 걸쳐 이곳 비류국을 다스려 왔소. 신선의 후예인 나 또한 왕위를 물려받은 지 오래되었소. 이곳 동가강 유역은 그리 넓지 않은 평야 지역이오. 좁은 땅에서 각자의 왕국을 다스리기엔 한계가 있단 말이오. 그러니, 그대가 우리 비류국의 속국[4]이 되는 게 어떻겠소?"

송양왕의 말에 노여움이 치민 주몽왕이 의자에서 벌떡 일어났다.

"나는 천제의 후손이오. 내 비록 왕위에 오른 지 얼마 안 되지만, 하늘의 뜻에 따라 멀리 동부여 땅을 떠나 이곳 졸본부여에 와서 새로운 나라, 고구려를 세운 것이오. 그대가 신선의 후예라 했소? 그렇다면 그대는 하늘 신의 뜻을 이어받은 나의 신하가 되어야 하오."

주몽왕의 말을 듣던 송양왕도 분노를 억누르지 못하고 자리에서 벌떡 일어났다.

"그대의 나라는 한 줌밖에 안 되는 신생국일 뿐이오. 따

---

4 속국(屬國): 종속국. 법적으로는 독립국이지만, 실제로는 정치나 경제·군사 면에서 다른 나라에 지배되고 있는 나라.

라서, 오래되고 큰 비류국의 속국이 되는 게 자연스러운 것이오. 그게 바로 하늘의 뜻이 아니겠소?"

"우리 고구려는 결코 작은 나라가 아니오. 가보지도 않았으면서 속단하지 마시오. 천제의 후손인 나를 업신여긴다면, 그대의 비류국은 반드시 하늘의 노여움을 받아 단숨에 바스러질 것이오."

"뭣이? 작은 나라의 왕인 그대가 뭘 믿고 큰소리치는지 모르겠군. 내 듣기로, 부여에서는 활을 잘 쏘는 사람을 주몽이라 부른다더군. 그대의 활 솜씨를 보여 주시오. 내 그대와 한번 겨뤄 보리다."

송양왕은 젊은 주몽왕을 한 수 아래로 여기면서, 무예로써 제압하고자 했다.

"좋소이다."

주몽왕은 거침없이 대답했다. 두 사람은 궁전 뜰 앞으로 나갔다. 송양왕이 지시하자, 신하들이 백 보쯤 떨어진 곳에 사슴이 그려진 과녁을 세워 두었다. 과녁을 가리키며 송양왕이 말했다.

"사슴의 배꼽을 맞춘 사람이 이기는 것이오."

"먼저 쏴 보시오."

주몽왕이 송양왕에게 양보하며 말했다. 송양왕이 활을

시위에 얹으며 숨을 고르고 있는 사이, 비류국의 신하들과 병사들, 백성들이 궁전 뜰 좌우에 가득 모여들었다. 모두 고개를 쑥 내밀고 눈을 크게 뜨며 이 흥미진진한 광경을 지켜보았다. 꽤 오랫동안 과녁을 바라보던 송양왕이 마침내 화살을 쏘았다. 화살은 사슴의 배꼽 아래에 박혔다.

"내 차례로군요."

주몽왕은 과녁을 느긋하게 겨냥한 다음 화살을 쏘았다. 피웅, 하고 날아간 화살은 사슴의 배꼽에 정통으로 박혔다. 이 모습을 본 송양왕의 얼굴이 붉으락푸르락했다.

"이번에는 백 보 밖에 실로 매달아 놓은 옥가락지를 맞히는 시합이오."

송양왕은 여기서 그치면 망신살이 뻗칠 것 같아서, 처음보다 더 어려운 시합을 제안했다. 주몽왕은 선선히 제안을 받아들였다. 송양왕이 또다시 먼저 활을 들었다. 마침 바람이 불어와 실에 매달린 옥가락지가 이리저리 흔들렸다. 그는 아까보다 더 오랫동안 옥가락지를 노려보더니, 화살을 쏘았다. 송양왕이 쏜 화살은 옥가락지 옆으로 아슬아슬하게 비켜 나갔다. 구경하던 사람들이 아쉬워하며 한숨을 쉬었다.

"아."

이번에는 주몽왕 차례였다. 옥가락지는 여전히 바람에

흔들리고 있었다. 하지만, 주몽왕은 망설이지 않고 힘껏 화살을 날렸다. 바람을 가르며 날아간 화살이 순식간에 목표물을 맞혔다. 기와 깨지듯 깨어진 옥가락지의 파편들이 사방으로 튀었다.

"우아!"

"신기에 가까운 활솜씨다!"

모여 선 사람들이 일제히 탄성을 질렀다. 송양왕은 얼굴색이 하얗게 바뀌었다. 하지만, 활쏘기 시합을 제안한 사람이 자신이었기에 순순히 패배를 인정해야 했다.

"대단한 활솜씨로군요. 내가 졌소이다."

"뭘요. 바람 때문에 겨냥하기가 쉽지 않았을 것입니다."

주몽왕은 오히려 위로의 말을 해 주었다. 송양왕은 주몽왕을 더 이상 깔보지 못했을 뿐만 아니라 위풍당당한 주몽왕을 내심 두려워하게 되었다. 주몽왕이 고구려로 돌아간 다음, 송양왕은 신하들과 의논을 했다.

"내가 오늘 활쏘기 시합을 해보니, 고구려 주몽왕은 보통 인물이 아니라는 생각이 들었소. 우리의 속국이 되라고 말했지만, 오히려 우리 비류국을 신하의 나라로 삼겠다며 큰소리를 쳤소. 어찌하면 좋겠소?"

"대왕마마. 우리가 먼저 사신을 보내 고구려가 어떤 나라

인지 알아보는 것이 좋겠사옵나이다."

"오, 그것참 좋은 생각이오."

송양왕은 신하들의 의견을 받아들여 곧 사신을 보냈다. 며칠 후, 고구려에 다녀온 사신이 비류국에 도착하여 보고했다.

"대왕마마께 아룁니다. 고구려에 가서 보니, 땅덩이가 좁고 사람들의 살림살이도 변변치 못해 보였사옵니다. 또한, 궁전도 없었고 사신들을 환영하는 북소리나 주라 소리도 들리지 않았사옵니다. 그런 악기조차 마련해놓지 못한 것을 보니, 아직 나라의 기틀이 다져지지 않은 듯해 보였사옵니다."

사신의 보고를 들은 송양왕은 주몽왕의 활솜씨만 보고 고구려를 대단하게 여겼던 것을 후회했다. 그리고는, 고개를 젖히고 만족스럽게 웃었다.

"좋아! 그렇다면 우리 비류국이 고구려를 겁낼 건 없지. 하하하."

한편, 비류국 사신이 돌아간 뒤 주몽왕은 어전회의를 열었다.

"비류국 사신이 왔을 때 북을 치고 주라를 불어 환영해 주었어야 했는데, 그렇게 하지 못해 안타깝소이다. 그가 비류국에 돌아가, 사신에 대한 예를 갖추지 못한 우리 고구려를 형편없는 나라라며 힐뜯을 게 아니오?"

주몽왕이 침통한 어조로 말하자, 부분노가 한 발 앞으로 나와 아뢰었다.

"소신이 비류국에 몰래 들어가 북과 주라를 가져오겠사옵나이다."

"뭐라고? 남의 것을 훔쳐 오자고?"

"그 악기들은 천제의 후손이신 대왕마마께서 갖고 계셔야 마땅하옵니다. 감히 신선의 후예를 논하며 거들먹거리는 저 비류국이 차지할 물건이 아니옵니다."

부분노가 물러서지 않고 거듭 주장하자, 어전회의는 부분노의 말에 수긍하는 분위기로 바뀌었다. 오랫동안 논의한 결과, 부분노가 날랜 부하 몇 명을 데리고 비류국으로 들어가서 북과 주라를 몰래 갖고 나오는 것으로 결론이 내려졌다.

"그건 그렇고, 한 가지 더 말할 게 있소."

주몽왕이 무겁게 입을 열었다.

"말씀하시오소서, 대왕마마."

신하들의 재촉에, 주몽왕은 다음과 같이 말했다.

"지난번 비류국에 갔을 때 보니, 왕궁이 있었소. 그런데

요사이 비류국 사신이 다녀갔지 않소? 그가 송양왕에게 보고할 때, 고구려에는 왕궁도 없다고 말할 게 분명하오. 우리 고구려의 형편을 알기 위해 앞으로도 사신을 더 보낼 게 분명한데, 얕잡히지 않을 무슨 방도가 없겠소?"

"한 가지 계책이 있사옵니다."

국상 재사가 아뢰었다.

"내일 당장 궁전을 지으면 됩니다."

"무슨 수로 말이오?"

"썩은 나무로 기둥을 세운 뒤 궁전이라고 우기면 되옵니다."

"그런 거짓에 넘어가겠소?"

"비류국 사람들은 우리 고구려를 어떻게든 헐뜯을 게 뻔하니, 이참에 그들의 코를 납작하게 눌러 주어야 합니다. 그런 뒤, 나라 살림이 좀 피게 되었을 때 제대로 궁전을 지어도 늦지 않사옵니다."

"오, 듣고 보니 좋은 생각이군. 그럼, 경이 그 일을 추진하도록 하오."

"알겠사옵니다."

다음날부터 고구려의 넓은 마당에서는 망치 소리가 끊이지 않았다. 닷새 후, 보기에도 멋진 궁전 하나가 뚝딱 세워져 있었다. 물론, 그것은 날림으로 지은 가건물에 지나지 않았다. 하지만, 비류국 사신을 홀릴 만한 눈속임용으로는 매우 그럴듯한 것이었다.

그로부터 며칠이 흘렀다. 칠흑 같은 밤, 부분노가 부하 셋을 데리고 비류국 성벽을 기어오르고 있었다. 부하들은 어깨에 밧줄을 메고 있었다. 떠나기에 앞서, 부분노는 부하들에게 작전 지시를 한 바 있었다.

"북과 주라는 비류국 궁전 옆 누각에 있다. 누각을 지키는 보초는 단 한 명이다. 보초만 잘 따돌리면 우리의 작전은 성공할 것이다."

작전 지시에 따라 부하들이 누각 위로 막 오르려는데, 누각 위의 보초가 창을 내려놓고 허둥지둥 밑으로 내려가는 게 보였다.

"아이구, 배야……."

보초는 허리춤을 붙잡고 수풀이 우거진 곳으로 부리나케 뛰어갔다.

"헛, 그 녀석. 몹시 급했던 모양이로군."

부분노가 조그만 소리로 말하며 싱긋 웃었다.

"자, 서둘러라. 저 녀석이 돌아오면 모든 게 끝장이다."

부분노의 지시를 받은 부하 둘이 거미처럼 누각의 벽을

기어 올라갔다. 잠시 뒤, 부하들은 북과 주라를 밧줄에 묶어서 밑으로 내려보냈다. 누각 아래에서 망을 보며 초조하게 서 있던 부분노와 다른 부하 한 명이 북과 주라를 받아 안았다.

"자, 어서 가자."

부분노는 누각을 날쌔게 내려온 부하들과 함께 어둠 속으로 사라졌다.

그날 밤, 불 켜진 어전에서는 주몽왕과 국상 재사, 부분노 군장, 오이 군장 등이 모여 북과 주라를 감상하였다.

"오오, 비류국이 그토록 아끼던 북과 주라가 아닌가? 부분노 군장! 수고했소. 목숨을 걸고 큰일을 치른 그대들에게 큰 상을 내리겠소."

"황공하옵나이다."

"참으로 귀한 보물이 아닐 수 없소. 안 그렇소? 하하하."

주몽왕과 신하들은 밤이 이슥토록 촛불 앞에 둘러앉아, 북과 주라를 이리 보고 저리 보며 이야기꽃을 피웠다.

다음날, 비류국에서는 큰 소동이 일어났다. 북과 주라가 없어졌다는 사실을 안 송양왕은 분노에 사로잡혀 부들부들 떨었다.

"이 괘씸한 놈! 나라의 보물이 없어졌는데, 너는 그 시간에 대체 뭘 하고 있었던 거냐?"

그날, 누각에서 북과 주라를 지키던 보초는 망나니5의 칼에 목이 달아났다.

"대왕마마. 얼마 전 고구려에 갔던 사신은, 그 나라에 북과 주라가 없었다고 보고하였사옵니다. 분명 고구려의 짓이 틀림없사옵니다. 신을 보내주시면 반드시 보물을 찾아오겠나이다."

"그리하시오."

다음날, 비류국의 신하 한 사람이 고구려를 방문했다.

"어서 오십시오. 먼저, 우리 궁전을 한번 구경해 보시겠습니까?"

사신을 맞이하기 위해 미리 나와 있던 부분노가 말했다.

"아니, 지난번에 다녀간 우리 사신 말로는 고구려에 궁전이 없다고 들었소만."

"그럴 리가 있겠습니까? 우리 고구려에는 아주 오래된 궁전이 있었소이다. 하지만, 아무에게나 보여주지 않을 뿐이오."

---

5 망나니: 예전에, 사형을 집행할 때에 죄인의 목을 베던 사람.

"그래요? 한번 구경이나 해봅시다."

"이쪽으로 오시지요."

부분노를 따라간 사신은 놀란 입을 다물지 못했다. 비류국의 궁전보다 훨씬 크고 오래된 궁전이 넓은 벌판 한가운데에 떡하니 버티고 서 있었기 때문이다.

"어떻소이까? 이만하면 아름다운 궁전이라 할 만하지 않겠소?"

풀이 죽은 비류국 사신 앞에서 부분노는 한껏 코를 높이며 자랑을 했다.

"그, 그렇구려. 그건 그렇고, 고구려에서 새로 북과 주라를 얻었다고 들었소이다. 구경 좀 할 수 있겠소이까?"

"새로 얻은 게 아니오. 천제의 후손인 주몽 대왕께서 다스리는 우리 고구려는 아주아주 오래전부터 북과 주라가 있었소이다. 좀 낡은 게 흠입니다만."

부분노는 사신을 향해 천연덕스럽게 말했다.

"그렇다면, 지난번 우리 비류국 사신이 다녀갔을 때는 왜 그것을 연주하지 않았소?"

"나라마다 예법이 다를 뿐이오. 우리 고구려는 다른 나라의 왕이 방문했을 때는 당연히 북과 주라를 연주하게 되어 있소. 허나, 일반 사신이 왔을 때는 그렇게 하지 않소."

"그 북과 주라를 좀 구경할 수 있겠소이까?"

"얼마든지 보여드릴 수 있소."

부분노는 누각 위로 사신을 데려갔다.

"자, 보시오."

"허, 말씀하신 것처럼 퍽이나 낡았구려."

북과 주라는 부분노의 말대로 매우 낡아 보였다. 전날 밤, 뻣뻣한 호박잎으로 북의 테두리와 가죽을 문질러 일부러 흠을 냈고, 물 묻힌 칡뿌리로 벅벅 긁어 주라의 붉은 색칠이 벗겨지도록 만들었던 것이다. 이 사실을 알 리가 없는 사신은 낙심한 채 비류국으로 돌아갔다.

"그대의 꾀로 비류국 사신을 감쪽같이 속였구려. 하하하."

주몽왕은 어전에서 부분노를 바라보며 한바탕 너털웃음을 웃었다. 하지만, 이 일이 있은 뒤부터 비류국 송양왕은 고구려 주몽왕을 미워하였다. 두 나라 백성들도 개와 원숭이처럼 틀어질 대로 틀어졌다. 어느덧 두 나라 사이에는 팽팽한 긴장감만 감돌게 되었다.

그로부터 반년이 흐른 어느 날, 주몽왕은 모처럼 부하들과 함께 사냥을 나갔다. 서쪽 변경의 해원이라는 곳에 이르렀을 때, 신하 한 사람이 외쳤다.

"대왕마마, 보소서. 저기 흰 사슴이 있사옵니다."

"오, 참으로 보기 드문 일이로고. 내가 잡아 오겠소."

주몽왕은 천마를 몰고 달려가면서 연달아 활을 쏘았다. 여러 대의 화살이 사슴 주변에 울타리처럼 박히자, 사슴은 그 안에 갇혀 더 이상 오도 가지 못하고 서 있었다. 주몽왕은 병사들을 향해 말했다.

"저 흰 사슴을 끌고 오너라."

주몽왕은 흰 사슴을 커다란 나무에 거꾸로 매달아 놓고 하늘에 기도를 드렸다.

"하늘이시여! 천제의 후손인 나 주몽에게 보내주신 흰 사슴이 오늘 큰 고난에 처했습니다. 흰 사슴을 구해 주시려면 비를 퍼부어 주소서. 비류국이 물속에 흠뻑 잠기게 하소서."

주몽왕의 기도가 끝날 때 사슴이 구슬프게 울었다. 사슴의 울음소리가 하늘 높이 울려 퍼지자, 갑자기 먹장구름이 몰려왔다. 곧 거센 비가 내리더니, 순식간에 비류국의 서울이 물바다가 되었다.

"사람 살려!"

"안 되겠다. 빨리 산꼭대기로 피하자."

물에 빠진 사람들이 아우성을 쳤다. 송양왕은 신하들과

함께 산꼭대기로 간신히 피했다. 백성들도 필사적으로 그 뒤를 따라갔다. 하지만, 몸만 빠져나온 터여서 모두가 굶어 죽을 판이었다.

"대체 이게 웬 난리인가?"

송양왕은 높은 곳에서 물에 잠긴 비류국의 서울을 내려 다보며 한숨을 쉬었다. 그때, 하늘 위에서 날카로운 채찍 소리와 더불어 말 울음소리가 들렸다.

"히히히히힝."

고개를 위로 쳐들고 올려다보니, 절따마를 탄 한 사나이 가 하늘에서 내려오고 있었다.

"그대는 주몽왕이 아니시오?"

송양왕은 하마터면 놀라서 넘어질 뻔했다.

"비류국에 홍수가 났구려. 걱정 마시오. 내가 물을 원래 있던 자리로 보내겠소."

주몽왕은 말을 마치자마자 물을 향하여 채찍을 휘둘렀 다. 그러자, 넘실거리던 물이 거짓말처럼 사라져 버렸다. 물에 잠겼던 비류국 서울이 한눈에 드러나 보였다.

"고맙소이다. 정말로 고맙소이다."

송양왕은 주몽왕 앞에서 무릎을 꿇고 머리를 조아렸다. 고맙다는 말을 몇 번이나 거듭한 끝에 고개를 들어 보니,

주몽왕은 어느새 천마를 타고 하늘 멀리 날아가고 있었다.

이듬해, 송양왕은 고구려에 항복했다.

"이제부터 비류국을 다물도6라 부르겠소. 그대를 다물도의 도주7로 임명하니, 앞으로 나의 신하로서 다물도를 다스려 주기 바라오."

기원전 36년, 주몽왕은 비류국을 무릎 꿇린 뒤 송양왕을 신하로 거두었다. 고구려 말로 옛 땅을 회복한 것을 다물이라고 했으니, 동가강 근처의 옛 비류국은 이제부터 다물도가 된 것이다. 송양은 고구려의 5부 가운데 하나인 소노부의 족장으로서, 고구려 지배층의 하나로 남게 되었다.

---

6 다물도(多勿都): 고구려시대의 지명. 원래 송양왕이 다스리던 비류국이 있던 곳이었으나, 서기전 36년(동명왕 2년) 송양왕이 고구려로 투항함에 따라 고구려의 영역에 편입되면서 새로 붙여진 이름이다. 다물이란 고구려어로 옛 땅을 되찾는다는 의미라고 한다.

7 도주(都主): 한 지역의 맹주, 우두머리.

제6장 동강 난 칼을 찾은 유리

주몽이 동부여를 탈출하고 몇 개월이 흐른 뒤, 시어머니 유화 부인을 모시고 삯바느질을 하며 살아가던 예씨 부인은 아들을 낳았다.

"어머나, 이 녀석이 제 아비를 쏙 빼닮았구나."

유화 부인이 아기를 보며 며느리에게 말했다.

"어머니. 이 아이의 우뚝한 코, 다부져 보이는 입술을 보니 낭군님이 떠오르네요."

"그렇구나. 이 아이를 보니, 우리 주몽이가 어떻게 지내고 있는지 궁금하구나."

유화 부인과 예씨 부인은 아이를 번갈아가며 돌보면서 똑같이 한 사람을 떠올렸다. 그리운 사람, 그러나 여전히 만나지 못하고 애만 태우는 사람, 그 사람을 닮은 이가 지금 보송보송한 얼굴로 배냇짓을 하고 있었다.

아이는 커가면서 점점 더 아버지 주몽을 닮아갔다. 키꼴이 크고 몸이 다부졌으며 지혜가 가득한 눈망울을 지닌 소년으로 자라났다.

"아바마마. 주몽의 처가 아들을 낳았다 하옵니다."

부하들로부터 소문을 들은 대소 태자가 곧장 금와왕에게 일러바쳤다.

"뭐라고? 그게 정말이냐?"

"주몽이 그놈은 엄리대수에서 우리 병사들을 물속에 빠뜨려 죽인 원수이옵니다. 원수 놈의 핏줄이 자라나면 또 다른 근심거리가 생기지 않을까 두렵사옵니다. 이 기회에 아예 싹을 잘라내는 것이 옳지 않겠사옵니까?"

금와왕은 뭔가 깊이 생각하는 듯하더니, 이윽고 입을 열었다.

"네 말도 틀린 말은 아니다만, 좀 더 신중해야 한다. 엄리대수를 건넌 주몽 그놈이 졸본부여라는 손바닥만 한 땅에 빌붙어 지낸다고 들었다. 만약 우리가 주몽 그놈의 자식을 없앤다면 더 큰 후환이 생길지 모른다. 제 자식을 없앤 동부여에 대해 주몽 그놈은 이를 갈며 미움을 불태우지 않겠느냐? 거기서 세력을 키운 다음에는 반드시 우리에게 복수의 칼날을 들이밀 것이다. 하지만, 제 어미와 처, 그리고 자식이 이 땅에 남아 있는 한 그놈도 감히 우리를 어쩌지 못할 것이다. 그들을 인질로 삼는다면, 이보다 더 훌륭한 방패막이가 또 있겠느냐?"

금와왕의 말을 잠자코 듣고 있던 대소 태자는 아무 말도 못 했다. 아버지의 말이 조목조목 맞다고 느꼈기 때문이다. 그 후, 대소 태자는 주몽의 식구들을 더 이상 괴롭히지 않고 내버려 두었다.

유화 부인과 예씨 부인은 아이의 이름을 유리라고 지었다. 어린 유리는 제 아버지처럼 스스로 활과 화살을 만들어 쏠 줄 알았다. 밖으로 나가서는 나뭇가지에 앉은 새들을 곧잘 쏘아서 잡곤 했다. 또래 중에서 유리보다 활을 더 잘 쏘는 아이는 없었다.

"엉엉엉."

하루는 예씨 부인이 한창 베를 짜고 있는데, 유리가 큰 소리로 울면서 들어왔다.

"유리야! 왜 그러니?"

놀란 예씨 부인이 베틀을 물리치고 뛰어가 유리를 안아 주었다.

"애들이 저 보고 애비 없는 자식이라고 놀리잖아요."

"저런, 속이 상했겠구나."

"엄마! 나는 왜 아버지가 없어요? 동네 아이들도 나만 보면 아비 없는 놈이라고 놀리는데, 울 아버지는 도대체 어디 계신 거예요?"

예씨 부인은 속사포처럼 늘어놓는 유리의 질문을 듣고 가슴이 먹먹해졌다. 가뜩이나 금와왕과 대소 태자의 감시 속에서 살얼음판을 딛듯이 살아가는 처지였다. 엄리대수에서 주몽을 추격하던 병사들이 몰살당하다시피 한 뒤부터, 동부여 사람들의 시선이 부담스럽기만 했다. 가시방석에 앉은 것처럼 불안하게 하루하루를 이어오고 있었던 것이다. 그런데, 아직 세상 물정 모르는 아이한테 '네 아버지가 세상을 떠들썩하게 만든 주몽이다'라고 알려주기라도 한다면 어쩔 것인가. 예씨 부인은 눈을 질끈 감고 둘러댔다.

"유리야. 너는 원래부터 아버지가 없었단다."

"그런 말이 어디 있어요? 그런 거짓말이 어디 있어요? 말씀 좀 해주세요, 어머니."

"나중에, 이다음에 네가 크면 그때 모든 것을 알려주마."

예씨 부인은 유리를 가슴에 안고 숨죽여 흐느꼈다. 유리는 화가 났고 기가 막혔지만, 꾹 참아야 했다.

그 사이 세월이 흐르고 흘러, 유리는 열일곱 살이 되었다. 어느 날, 유리는 새를 잡기 위해 활을 메고 밖으로 나갔다. 우물가를 지나던 중에 푸드득, 소리가 나서 고개를 들어보니 커다란 나무 위로 참새들이 우르르 몰려가 앉는 것이었다. 유리는 키 작은 나무들 사이에 숨어서 활을 쏠 준

비를 했다. 막 화살을 당기는 찰나, 물동이가 눈앞을 막아 섰다. 어떤 아낙네가 물을 긷기 위해 물동이를 머리에 이고 오는 중이었다.

"에구머니나!"

빗맞은 화살에 물동이가 구멍이 났다. 아낙네는 소스라 치게 놀라며 비명을 질러댔다. 그러다가, 멋쩍은 얼굴로 껑 충하게 서 있는 유리를 발견하고는 대뜸 욕설을 퍼부었다.

"네 아무리 버릇없이 컸기로, 멀쩡한 남의 물동이를 깨?"

"죄, 죄송해요. 일부러 그런 게 아니었어요."

"뭐가 아니야? 네가 몰래 숨어서 화살을 쏜 것을 내 두 눈으로 똑똑히 보았다, 이 애비 없는 놈아!"

아낙네는 머리에 두른 수건으로 얼굴과 목덜미에 묻은 물기를 연신 닦아내면서 냅다 퍼부었다. 욕설을 듣고 화가 난 유리는 진흙을 손으로 이겨 구슬을 만든 뒤, 새총을 쏘 아 물동이의 구멍을 메웠다. 그리고는 씩씩거리면서 우물 가를 벗어났다. 집으로 돌아오자마자, 유리는 어머니에게 대뜸 투정을 부렸다.

"어머니! 저도 이제 다 컸습니다. 이제 아버지가 어떤 분 인지, 어디 계신지 저에게 알려주십시오."

갑작스럽게 따지듯이 묻는 아들의 말에 어안이 벙벙해진

예씨 부인이 눈을 동그랗게 떴다.

"별안간 왜 그러니? 또 누구한테 야단맞았니?"

"화살이 빗맞아서 어떤 아주머니의 물동이를 깨뜨렸는데, 저보고 애비 없는 놈이라고 욕을 하잖아요. 어머니, 이제는 아버지에 대해 꼭 얘기해 주세요. 이다음에 크면 알려 주신다고 어머니께서 말씀하셨잖습니까?"

예씨 부인은 아들을 마주 보았다. 비로소, 훤칠한 대장부로 성장한 아들이 처음으로 보였다. 오랫동안 간직한 비밀을 말해 줄 때가 되었음을 느껴졌다.

"오냐, 알겠다. 지금부터 이 어미가 하는 이야기를 잘 새겨듣도록 하여라. 네 아버지는 천제의 손자이며, 물의 신 하백의 외손자이시니라. 북부여 왕 해모수 님의 아들인 네 아버지는 이곳 동부여에서 왕자로 태어나 성장하셨다. 그러나, 대소 태자를 비롯한 일곱 왕자가 해치려 드는 바람에 엄리대수를 넘어 동부여를 탈출하셨고, 남쪽 나라로 내려간 뒤에 새로운 나라를 세우셨단다. 네 아버지는 고구려의 임금인 주몽 대왕이시다."

"그게 정말이옵니까?"

유리는 뜻밖의 말을 듣고 깜짝 놀란 표정이었다.

"네 아버지가 동부여를 떠나기 전날 밤, 나에게 찾아왔었

다. 내가 배 속에 아기를 가졌다고 하자, 만약 아들을 낳는
다면 남쪽 나라에 있는 아버지를 찾아오게 하라고 말씀하
시더구나. 그리고, 네 할머니께 마지막 인사를 올리고 떠나
셨단다."

"아버지께서 그리 말씀하셨다면 서둘러서 떠나야겠군
요."

"하지만, 네 아버지가 남긴 증표를 먼저 찾아야 한다."

"증표요?"

"그것이 무엇인지는 이 어미도 모른단다. 다만, 일곱 모가
난 돌 위에 선 소나무 아래에 있다는 것만 알 뿐이다. 그 증
표를 가지고 온다면, 반드시 아들로 맞이해 주실 것이다."

어머니에게서 들은 이야기는 수수께끼와 같았다. 하지만,
아버지가 누구인지 알게 된 마당에 그 수수께끼를 풀어야
만 했다. 유리는 그날부터 일곱 모가 난 돌과 소나무를 찾
아 헤매기 시작했다. 마당에서 뒤뜰로, 뒤뜰에서 뒷산으로
온종일 돌아다녔다. 산을 넘고 골짜기를 가로지르는 날도
많았다. 고갯길에서 돌만 만나면 혹시 일곱 모가 나 있는지
유심히 들여다보았다. 벼랑 끝에서 소나무만 만나도 혹시
그 아래에 뭔가 있지 않을까 하여 파보았다. 그러나, 일곱
모가 난 돌은 나타나지 않았고 붉은 흙 속에는 나무뿌리밖

에 없었다.

'벌써 몇 달째 헛수고만 하는 건가? 그 증표라는 건 도대체 어디 있는 걸까?'

유리는 허탈한 심정이 되어 터벅터벅 집으로 돌아왔다. 마당을 공연히 한 바퀴 돌아 뒤뜰로 갔다. 그곳은 할머니인 유화 부인의 거처였다. 그때, 유리의 머리를 번개처럼 스치고 가는 게 있었다.

"네 할머니께 마지막 인사를 올리고 떠나셨단다."

어머니가 들려주신 그 말씀이, 갑자기 귓전을 울렸다.

'그래, 할머니는 평소에 별궁 후원의 연못을 가장 사랑하셨어. 그 근처에 뭔가가 있을지 몰라.'

유리는 얼른 후원 쪽으로 달려갔다. 금와왕이 유화 부인을 냉대한 뒤 물질적 지원을 끊어 버리자 별궁은 서서히 빛을 잃어 갔다. 별궁을 지키는 병사들도 없어진 지 오래였다. 할머니가 돌아가신 뒤부터 후원 뜰에는 잡초만 자라고 있었다. 연못 앞 정자의 단청[1]도 벗겨졌지만, 그냥 내버려두어서 스산해 보일 뿐이었다. 무심코 정자 쪽으로 걸어가

---

1 단청(丹靑): 옛날식 집의 벽, 기둥, 천장 따위에 여러 가지 빛깔로 그림이나 무늬를 그림. 또는 그 그림이나 무늬.

던 유리는 정자를 떠받치고 있는 기둥 아래를 보았다. 일곱 모가 난 돌이었다.

"아! 찾았다! 바로 저것이었어. 그 돌 위에 선 기둥은 소나무고 말이야!"

유리는 기쁜 마음으로 돌 아래를 파보았다. 놀랍게도 흙 속에는 동강 난 칼이 묻혀 있었다. 기나긴 세월 동안 주인을 기다려온 녹슨 칼이었다. 유리는 어머니께 뛰어가 동강 난 칼을 바쳤다.

"어머니, 증표를 찾았습니다."

"오, 이것은 네 아버지가 사냥 갈 때 허리에 차고 다니던 칼이로구나. 정말 잘했다."

예씨 부인은 동강 난 칼을 어루만지며 새삼 감회에 젖었다. 녹슨 칼이지만, 거기에서 남편 주몽의 흔적이라도 찾으려는 듯이 만지고 또 만졌다. 예씨 부인의 손에는 금세 시퍼런 녹이 묻어났다.

"이제 이 증표를 들고 아버지께 가야겠습니다."

유리가 벌떡 일어서자, 예씨 부인이 아들의 손을 붙잡았다.

"아직 안 된다. 네 아버지는 어릴 적부터 활 솜씨가 대단하셨다. 네가 증표를 찾았다고는 하지만, 고구려 주몽 대왕의 왕자로서 당당한 실력을 쌓은 뒤에 떠나야 한다. 알겠느냐?"

어머니는 전에 없이 엄숙한 얼굴로 말했다. 유리는 말없이 고개를 끄덕였다. 그리고 그날부터 검술 훈련을 하고 활쏘기를 더욱 열심히 했다. 유리가 피나는 훈련에 훈련을 거듭하던 어느 날, 예씨 부인은 아들의 능력을 시험했다.

"얘야. 너는 오늘 네 한계를 뛰어넘는 활 솜씨를 보여주어야 한다. 만약 시험에 통과하지 못하면 네 아버지께 갈 생각을 접어야 한다. 그리할 수 있겠느냐?"

어머니가 비장한 얼굴로 물었다.

"예."

유리는 담담하게 대답했다. 하기야, 더는 물러설 수도 없었다. 어려서부터 아비 없는 놈이라고 놀림을 받았고, 커서까지도 후레자식이라는 욕설을 들으며 설움을 삼켰던 자신이었다. 이제 아버지가 누구인지 알게 된 마당에, 더 이상 동부여에서 살 수도 없었다. 온 힘을 기울여 시험에 통과하고 싶은 마음밖에 없었다.

"저기 저, 높이 날아가는 기러기를 맞춰 보렴."

어머니가 하늘을 가리켰다. 유리는 마음을 모아 화살을 시위에 걸었다. 숨을 길게 들이마신 뒤, 바람의 방향을 읽었다. 봄 아지랑이가 피어오르고, 나비 한 마리가 날아올라 시야를 어지럽혔다. 유리는 눈을 더욱 크게 뜨고 기러기를 쳐다보았다. 기러기가 방석만큼 크게 보였다. 그 순간, 화살을 손에서 놓았다. 슈욱, 소리를 내며 화살이 날아갔다. 기러기가 발밑에 떨어졌다. 예씨 부인의 두 눈이 커졌다. 화살 한 대로 두 마리의 기러기를 맞춘 것이다.

"성공했구나. 너는 이제 네 아버지 주몽 대왕께 찾아갈 자격이 생겼다."

그로부터 보름이 지난 뒤, 동부여에서는 해마다 봄날에 행해 왔던 사냥대회를 개최하느라 모두 사냥터로 떠나 버렸다. 궁궐은 텅 빈 것처럼 고요해졌다. 이때를 기다려 왔던 유리는 어릴 적부터 활쏘기와 사냥을 함께 익혔던 친구 옥지, 구추, 도조 세 친구와 함께 어머니 예씨 부인을 모시고 비밀리에 동부여를 빠져나갔다.

엄리대수를 어렵사리 건넌 뒤에야 비로소 긴 한숨을 쉴 수 있었다. 다섯 사람은 산 넘고 물 건너 모둔곡을 지나 드디어 고구려 땅에 발을 디뎠다. 어느 한적한 주막에서 국밥을 먹고 다리쉼을 한 유리 일행은 그 길로 궁전으로 향했다. 궁성 앞에 도착한 유리는 궁을 지키는 보초에게 말했다.

"주몽 대왕님을 뵙고자 합니다."

"너는 누구냐? 누군데 감히 우리 대왕님을 뵈려 하느냐?"

"대왕님께 동부여에서 아들 유리가 찾아왔다고 아뢰 주시오. 그러면 아실 겁니다."

보초는 수문장에게 이 일을 보고했고, 수문장은 다시 궁성의 높은 관리에게 보고했다. 마침내 유리 일행은 궁성 안으로 들어가 주몽왕을 알현[2]하게 되었다. 주몽왕은 맨 먼저 예씨 부인을 알아보고 두 손을 내밀었다.

"부인! 그동안 고생이 많으셨소. 무심한 나를 용서해 주오."

"건강한 몸을 다시 뵈오니 감격할 뿐입니다."

얼싸안은 두 사람의 눈가가 촉촉해졌다. 주몽왕은 예씨 부인 옆에 서 있는 유리를 보았다. 거친 무명옷을 입고 있었지만, 다부진 청년의 눈빛이 빛나고 있었다. 주몽왕은 자신을 닮은 청년이 누구인지 단박에 알아보았다. 하지만, 짐짓 엄격한 얼굴로 물었다.

"네가 유리냐? 어디 증표를 내놓아 보거라."

---

2 알현(謁見): 지체 높은 사람을 찾아 뵘.

"대왕마마, 이것은 일곱 모 난 돌 위 소나무 아래에 있던 증표이옵니다."

유리는 헝겊으로 둘둘 말아서 가져온 부러진 칼을 두 손으로 바쳐 올렸다. 주몽왕은 부러진 칼을 받고 나서 흠칫, 하고 놀랐다. 그리고는 자신이 오래도록 간직하고 있던 칼을 꺼내 부러진 칼과 맞춰 보았다. 둘은 꼭 맞았다. 확인을 끝낸 주몽왕이 나직이 말했다.

"오, 이것은 내가 묻어 두었던 증표! 그렇다면 너는 내 아들이 분명하구나. 너의 재주를 보여 다오."

유리는 그 말을 듣자마자 허리에 매고 있던 활을 들어 소나무 숲을 향해 쏘았다. 피웅, 하고 화살이 날아갔다. 주몽왕의 지시로 병사 하나가 뛰어가 화살을 가져왔다. 화살 끝에는 솔방울 일곱 개가 꼬치구이처럼 한 줄로 꽂혀 있었다. 주몽왕은 탄성을 질렀다.

"오호! 화살 한 대로 솔방울 일곱 개를 꿰뚫다니! 나보다 더 뛰어나구나. 하하하."

"아바마마의 실력에 비해서는 한참 모자랄 뿐이옵니다."

얼마 후, 주몽왕은 예씨 부인을 왕후로 책봉했다. 소서노는 소후3가 되었다.

이 일이 있은 뒤, 열 명의 신하들이 소서노 왕후를 비밀리에 알현했다. 그들은 연타발 왕 때부터 졸본부여의 조정에서 일했던 충신들이었다.

"왕후 마마. 주몽 대왕께서는 예씨 부인을 왕후로 책봉했으니, 다음 일은 예씨 부인의 아들 유리를 태자로 책봉하려 할 것입니다."

한 신하가 상기된 표정으로 고했다.

"그렇게 되면 왕후 마마는 물론이고 비류 왕자님과 온조 왕자님의 신상에 좋지 않은 일이 생길지도 모릅니다."

"대체 그게 무슨 말씀이오?"

신하들의 말을 듣고 있던 소서노 왕후는 얼굴이 파랗게 변해서 소리쳤다.

"어쩌면 우리 계루부 전체가 몰락할 수도 있습니다."

"무슨 수를 써야 합니다."

옆에 있던 신하가 거들었다.

"그래서, 반란이라도 일으키자는 건가요?"

"그렇사옵니다."

---

3 소후(小后): 작은 왕후.

"그것은 안 됩니다!"

소서노 왕후는 단칼에 신하들의 말을 무찔렀다.

"하오나, 왕후 마마……."

신하들이 반론을 제기하려 하자 그것마저 손을 들어 제지했다.

"나는 주몽 대왕을 사랑하오. 대왕께서 처음 우리 졸본부여에 왔을 때는 동부여에서 망명해온, 자기 나라에서 버림받은 왕자에 지나지 않았소. 하지만, 그런 가엾은 사람을 가장 아낀 분은 바로, 그대들이 충심으로 받들어 모시던 선왕4 마마셨소. 대왕마마의 본부인께서 오신 뒤 왕후로 책봉되신 것은, 나 역시 가슴 아픈 일이긴 하지만 인정하지 않을 수 없소. 대왕마마께서는 아직 태자 책봉 얘기를 입 밖에 꺼내지 않았으니 나 또한 이 일을 거론하지 않을 작정이오. 그 일을 결정할 분은 오직 대왕마마 한 분뿐이시오. 그러니, 이후로 내 앞에서 다시는 그와 같은 말을 꺼내지 마시오."

열 명의 신하들은 소서노 왕후의 결연한 대답에 모두 입을 다물었다.

---

4 선왕(先王): 선대의 임금. 돌아가신 임금을 가리키는 말.

그 무렵, 나라에 갑작스러운 변란이 생겼다.

"대왕마마! 동쪽 국경 지역으로 선비족5들이 쳐들어왔사옵니다!"

"대왕마마! 북쪽 국경 지역으로 동부여 군사들이 쳐들어왔사옵니다!"

"대왕마마! 서쪽 국경 지역으로 한나라 군사들이 쳐들어왔사옵니다!"

변경 지역을 지키던 병사들이 말을 타고 와서 급한 소식들을 전해 왔다.

그 무렵, 흥안령6 동쪽에서 세력을 키워오던 선비족들이 고구려의 변경 지역을 침입한 것이다. 뿐만 아니라, 한나라와 긴밀한 외교 관계를 맺고 있던 동부여에서 대소 태자가 쳐들어왔다. 대소 태자가 몰고 온 군사들뿐만 아니라 한나라 군사들까지 동시에 쳐들어와 여러 방면에서 협공을 하고 있었다.

주몽왕은 급히 어전회의를 열었다.

"아바마마! 저를 선발대에 보내주시옵소서."

---

5 선비족(鮮卑族): 만주 지역과 요동에 널리 퍼져 있던 민족.
6 흥안령(興安嶺): 중국 몽골 고원과 동북 지방 대평원의 경계를 이루는 산맥.

유리 왕자가 편전7에서 무릎을 꿇고 주몽왕에게 말했다.

"아바마마! 저희도 보내주시옵소서."

비류 왕자와 온조 왕자도 무릎을 꿇고 선발대로 나설 것을 자원했다.

"들어라! 국상 재사는 궁에 남아서 국정을 돌보기를 바란다. 오이 군장은 국상을 보좌8하면서 궁성 수비를 맡도록 하라. 나는 무골, 묵거 군장과 더불어 동부여의 대소 태자를 상대로 싸우겠다. 유리 왕자는 부분노 군장이 이끄는 선발대에 합류해서 한나라군을 상대하라! 비류, 온조 왕자는 마리 군장, 협보 군장의 선발대에 합류해서 선비족을 막아라!"

주몽왕은 군대를 세 개로 나누었다. 세 군데에서 쳐들어오는 적들과 마주 싸워야 하기에 모든 군대는 곧 선발대나 마찬가지였다.

"알겠사옵나이다."

세 왕자가 고개를 깊이 숙이며 결의를 다졌다.

"자, 가자! 이번 전쟁은 우리 고구려가 건국한 이래 처음 겪게 되는 전쟁이니, 반드시 승리해야 한다!"

---

7 편전(便殿): 예전에, 임금이 평상시에 거처하던 궁전.
8 궁성(宮城): 임금이 거처하는 궁전. 궁궐.

"대왕마마! 반드시 승리하고 돌아오겠나이다!"

결전의 날, 세 개의 군대가 궁성을 떠났다. 깃발들이 하늘을 뒤덮었고, 치켜세운 창날 끝이 햇빛을 받아 번쩍였다. 세 갈래로 나뉜 길목에서 각각의 군대가 동, 서, 북쪽으로 진군했다.

한나라군과 대치한 유리 왕자는 부분노 군장을 호위하며 첫 결전을 치렀다.

"저기 저 황금 투구를 쓴 놈이 바로 한나라군의 대장이다. 저놈만 쓰러뜨리면 대군은 오합지졸이 될 것이다."

부분노 군장이 긴 칼로 적진을 가리켰다. 높다란 장대에 올라 지휘하고 있는 자가 보였다. 그가 평원에 진을 친 한나라군을 지휘하는 대장이었다. 유리 왕자는 등에 메고 있던 화살을 꺼내 활시위를 힘껏 당겼다. 삼백 보쯤 되는 거리였지만, 마침 바람이 상대 진영을 향해 불고 있었다. 게다가, 이쪽은 적진을 내려다볼 수 있는 언덕 위였다.

'됐어. 바람이 나의 편이다. 특별히 제작된 맥궁을 쓸 기회다.'

유리 왕자는 황금 투구를 쓰고 있는 자의 목을 노려 호흡을 가다듬은 뒤, 곧장 화살을 날렸다. 바람을 가르며 화살이 날아갔다. 슈욱, 하고 날아간 화살이 순식간에 놈의 목을 관통했다. 놈이 거꾸러지는 것이 보였다.

"껄껄껄. 왕자님이 해내셨군요! 이번 싸움에서 이긴다면 그 공의 절반쯤은 왕자님의 것임을 기억하겠소!"

부분노 군장이 하늘을 쳐다보며 크게 웃더니, 칼을 빼 들고 적진을 향해 공격 명령을 내렸다. 한나라군은 대장이 말에서 떨어진 것을 본 뒤 우왕좌왕했다. 부분노 군장의 명령을 받은 고구려 군사들이 비호처럼 내달려 적진을 도륙9했다. 부분노 군장은 적들의 한복판에서 언월도10를 휘둘렀다. 적들의 목이 단숨에 떨어져 나갔다. 유리왕자도 적진 속으로 뛰어들어 칼을 휘둘렀다. 적들이 짚단처럼 쓰러졌다. 한나라군이 흩어지며 도망치기 시작했다.

"적들을 물리쳐라!"

부분노 군장이 부하들에게 명령했다. 아침에 시작한 싸움은 해 질 녘까지 계속되었다. 한나라군은 무수한 시신들을 남기고 도주했다. 아군의 완벽한 승리였다.

비류, 온조 왕자는 오이 군장과 협보 군장의 지휘를 받으며 선비족들을 상대로 싸웠다. 맨 처음, 두 왕자는 선비족

---

9 도륙(屠戮): 사람이나 짐승을 함부로 참혹하게 마구 죽임.
10 언월도(偃月刀): 옛날 무기의 하나로 초승달 모양으로 생긴 큰 칼.

의 추장과 그 부하를 상대로 잘 싸웠다. 한참 밀고 밀리는 접전이 이어지다가, 비류 왕자는 추장이 휘두르는 칼에 맞아 팔을 다쳤다. 온조 왕자는 어디선가 날아든 선비족의 활에 맞아 옆구리를 다쳤다. 그때, 마리 군장과 협보 군장이 재빨리 뛰어와 선비족 추장과 그 부하를 물리쳤다. 이들이 적절한 시기에 나타나지 않았다면 자칫 목숨이 위험한 상황이었다.

"두 분 왕자님을 잘 모시고 있어라!"

마리 군장이 부하들에게 명한 뒤 적진을 향해 내달렸다. 협보 군장이 그를 도와 적진을 휩쓸었다. 처음에는 밀리는 듯하다가, 마리 군장과 협보 군장의 협공이 이어지자 선비족들은 뿔뿔이 흩어졌다. 선비족들을 물리친 마리 군장과 협보 군장은 부하들을 이끌고 궁성으로 향했다.

한편, 주몽왕은 무골, 묵거 군장을 이끌고 대소 태자와 맞섰다.

"와하하하하! 네 이놈 주몽아! 우리 동부여를 탈출하더니 결국, 이 손바닥만 한 졸본 땅에서 보잘것없는 나라를 세웠구나. 오늘, 내 칼맛을 보여주마!"

동부여 군사들을 이끌고 온 대소 태자는 흰 말 위에서 의기양양하게 소리치며 조롱했다.

"대소 태자! 나는 천제의 손자이며, 물의 신 하백의 외손이다. 그리고, 예맥족의 부활을 꿈꾸는 고구려의 왕이다. 그러니, 너는 내 앞에서 무릎을 꿇어라!"

주몽왕은 천마 위에 높이 올라 당당하게 외쳤다.

"뭣이! 건방진 놈! 사나이답게 일대일로 붙어 보자!"

대소 태자가 부하들의 만류를 뿌리치고 평원을 질주해 왔다.

"좋다!"

주몽왕도 천마를 몰아 평원 한가운데로 나아갔다. 두 사람이 동시에 칼을 휘둘렀다. 대소 태자는 묵은 감정을 한꺼번에 갚으려는 듯 거칠게 공격했다. 하지만, 주몽왕은 침착하게 대소 태자의 공격을 물리쳤다.

"이얏!"

주몽왕과 대소 태자의 칼이 맞부딪쳤다. 엄청난 힘에 밀린 대소 태자의 칼이 뚝 부러지고 말았다.

"옛정을 생각해서 목숨만은 살려 주마. 다시는 고구려를 넘볼 생각을 하지 마라."

주몽왕은 말에서 떨어진 대소 태자에게 검을 겨누며 말했다. 대소 태자는 뒷걸음질을 치더니, 걸음아 날 살려라 하고 동부여 군사들을 향해 뛰어갔다. 장수들의 일대일 대결이 싱겁게 끝나자, 동부여 군사들은 허겁지겁 퇴각하기 바빴다. 동부여 군사들을 물리친 주몽왕은 가벼운 마음으로 궁성에 돌아왔다.

다음날, 대신들과 군장들, 그리고 왕자들이 모두 모인 편전에서 긴급 어전회의가 열렸다. 주몽왕이 전쟁에서 승리를 거둔 군장들과 무장들을 치하한 뒤 중대 발표를 했다.

"내 지금까지 태자 책봉을 미룬 까닭은, 왕자들이 자신의 실력을 보여주어 태자 자격을 입증하도록 하기 위함이었다. 이번 전쟁에서 모든 것이 뚜렷하게 나타났으니, 여러 대신들은 나의 뜻을 받아들이도록 하라. 한나라군과의 싸움에서 가장 큰 공을 세운 유리 왕자를 태자에 책봉하노라."

기원전 19년 4월, 주몽왕은 유리 왕자를 태자에 책봉했다. 그날 밤, 주몽왕은 소서노 소후를 후원 뜰에 마련된 누각으로 불렀다. 함께 차를 마시던 중 주몽왕이 먼저 입을 뗐다.

"소후! 연타발 대왕님과 그대가 지금껏 나에게 베풀어준 은혜는 하늘이 알고 땅이 알고 있소. 그러나, 나라를 이끌어가려면 엄정한 법도가 있어야겠기에……."

이때, 소서노 소후가 주몽왕의 입술에 손가락을 대며 말했다.

"대왕마마께서 태자 책봉에 대해 고뇌가 컸다는 것을 저는 이미 알고 있었사옵니다. 이번 전쟁에서 누구보다 유리 왕자의 공이 컸던 것은 모두가 알고 있사옵니다. 가장 큰 공을 세운 자를 태자로 책봉하겠다는 대왕마마의 결정을 반대할 사람은 아무도 없사옵니다. 섭섭한 제 마음까지야 숨길 수는 없사오나, 일이 이렇게 되었으니, 저를 비롯해서 비류 왕자와 온조 왕자가 고구려에 더 이상 남아 있는 것은 옳지 않은 듯싶사옵니다. 이 일이 빌미가 되어, 훗날 나라가 두 쪽으로 쪼개진다면 어찌 조상님들께 낯을 들 수 있겠나이까? 하여, 저는 두 왕자를 데리고 따뜻한 남쪽 나라로 떠나, 그곳에서 새로운 나라를 세우겠나이다."

묵묵히 듣고 있던 주몽왕은 소서노 소후의 손을 잡아 주었다. 주몽왕은 소서노 소후의 결심을 꺾을 수 없다는 것을 잘 알고 있었다.

"소후의 뜻을 잘 알겠소. 참으로 미안하구려."

소서노 소후와 헤어져 침전에 누운 주몽왕은 그날 밤 뜬눈으로 지새웠다.

며칠 후, 소서노 소후는 큰아들 비류 왕자, 둘째 아들 온조 왕자와 함께 고구려를 떠났다. 이때, 연타발 대왕 때부터 충신으로 불렸던 열 명의 신하들과 백성들 일부가 소서노 소후를 따라갔다. 주몽왕은 궁성 문 앞까지 그들을 배웅했고, 부분노 군장과 경비병을 시켜 소서노 소후 일행을 국경 밖까지 호위하도록 했다. 행렬의 뒤에는 곡식과 옷감 등 온갖 재물을 바리바리 실은 여러 대의 수레가 꼬리에 꼬리를 물었다. 주몽왕이 소서노 소후 일행에게 준 마음의 선물이었다.

이해 9월에 동명성왕(주몽왕)이 죽고 유리 태자가 왕위를 이어받았다. 그가 바로 제2대 고구려 왕인 유리명왕이다. 한편, 소서노 소후 일행이 한반도 땅에 정착하던 중, 형인 비류는 미추홀에 도읍을 얻어 나라를 다스리다가 병을 얻어 숨졌다.

서기전 18년, 동생 온조가 한강이 흐르는 하남 위례성11에 도읍을 정하여 국호를 십제라고 했다. 뒷날 온조는 국호를 십제에서 백제로 바꿨다.

---

11 위례성(慰禮城): 백제시대의 도성(都城). 하남위례성의 위치는 서울특별시 강동구에 소재한 몽촌토성으로 비정한다.

소설 고주몽 해설

고조선의 건국과 발전

우리 고대국가를 이야기할 때 맨 첫머리에 오르는 것은 고조선이다. 고조선은 부여로 이어지고, 부여는 고구려와 발해로 이어지며, 이들은 또한 단군신화와 밀접한 연관을 맺고 있다. 단군은 천제인 환인의 손자이며 환웅의 아들이다. 그가 아사달에 도읍을 정하고 단군조선을 세운 것은 서기전 2333년이다.

중국 춘추전국 시대 대표적 고전의 하나인 『관자(管子)』 권23 「규도편」에 고조선이 호랑이가죽과 짐승 모피로 만든 옷으로 제(齊)나라와 교역을 했다는 사실이 기록되어 있다. 이 기록을 따르면 고조선의 역사는 서기전 8~7세기 이후에 시작되었다고 볼 수 있다.

천제 환인의 아들인 환웅은 세상에 자주 내려가 인간 세상을 널리 구하고자 했다. 천제는 이 같은 뜻을 헤아려 청동검, 청동거울, 청동방울 등 천부인 세 가지를 주어 세상에 내려가 사람을 다스리게 했다. 환웅은 마침내 삼천 명의 무리를 거느리고 태백산 꼭대기의 신단수 밑에 내려왔다. 그가 그곳을 신시라 이름 지었고, 그때부터 그는 환웅천왕으로 불렸다.

환웅천왕은 바람을 다스리는 풍백, 비를 다스리는 우사, 구름을 다스리는 운사를 거느리고 무릇 인간의 삼백예순 가지 일을 맡아서 세상을 다스렸다. 이때 곰 한 마리와 범 한 마리가 같은 굴속에 살면서 인간이 되게 해달라고 환웅에게 빌었다. 환웅은 이에 신령스러운 쑥 한 줌과 마늘 한 쪽을 주면서, 이것을 먹고 백일 동안 햇빛을 보지 않으면 인간이 된다고 알려주었다.

곰과 범은 쑥과 마늘을 받아서 먹으며 몸을 삼가고 조심했다. 그러던 중 21일 만에 곰은 여자의 몸이 되었다. 하지만, 범은 갑갑함을 못 참고 뛰쳐나오는 바람에 인간이 되지 못했다. 여자의 몸이 된 웅녀는 신단수 아래에서 아이를 갖게 해달라고 빌었다. 그 간절함을 본 환웅이 잠시 인간 남자의 몸으로 변해 혼인하여 아이를 낳았다. 그가 바로 단군왕검이다.

왕검은 왕위에 올라 세상을 다스렸다. 그가 왕위에 오른 지 50년 만에 평양성에 도읍을 정하고 국호를 조선이라 정했다. 그는 백악산의 아사달로 도읍을 옮겼는데, 그곳을 궁홀산 또는 금미달이라고도 불렀다. 단군왕검은 1,500년 동안 나라를 다스린 뒤, 기자를 조선의 임금으로 삼았다. 단군은 장당경으로 옮겼다가 뒤에 아사달에 돌아와 숨어서 산신이 되었다. 그때 그의 나이 1,908세였다.

이 설화는 일연의 『삼국유사』, 이승휴의 『제왕운기』에 수록되어 있고, 이규보의 『동국이상국집』 가운데 「동명왕편」에도 유사한 내용이 기록되어 있다. 『제왕운기』는 우리 역사가 아득하게 오래되었으며 발해가 고구려를 잇는 우리 역사의 일부임을 처음으로 밝혀 주었다. 이 책들은 우리 민족이 고난에 처해 있을 때 겨레의 단합이 무엇보다 중요함을 일깨워주었고, 단군을 우리 민족의 시조로서 받들 수 있도록 자긍심을 심어 주었다.

고조선은 농업과 수공업을 기반으로 활발한 대외 무역을 진행했으며, 국가 체제 또한 잘 갖추어진 부강한 나라였다. 고조선에는 '범금(犯禁) 8조'가 존재했다. 지금까지 전해지는 것은 3개의 조항인데, 그 하나는 '남을 죽인 사람은 사형에 처한다.'이다. 그 둘은 '남을 때려 다치게 한 사람은 곡식으로 보상한다.'이다. 그 셋은 '남의 물건을 훔친 사람은 그 물건의 주인집의 노예가 되어야 한다. 만약 풀려나려면 50만전을 내야 한다.'이다. 이들 조항을 통해 다음 세 가지를 알수 있다. 즉, 고조선은 생명을 존중하는 사회라는 점, 농경 사회라는 점, 화폐가 두루 통용될 만큼 경제 활동이 활발한 사회라는 점 등이다.

고조선은 사유재산제와 신분제를 엄격히 지켰던 여러 세력의 연합체였다. 각각의 지배집단은 서로 팽팽한 균형을 이루면서 견제했다. 이 때문에 강력한 왕권을 발휘하는 중앙집권적인 국가 체제로 발돋움하기는 힘들었다.

서기전 300년경, 연나라가 고조선을 침략하여 요동 지방에 요동군을 설치하고 요새와 보루를 쌓았다. 영토의 대부분을 잃은 고조선은 요하 부근에서 평양 지역으로 밀려났다. 이후, 진나라가 연을 멸망시킨 뒤 요동군을 직접 지배해 왔으며 서기전 202년에는 중국을 통일한 한나라의 영향 아래에 들어갔다. 서기전 195년 연나라 왕 노관이 한나라에서 흉노로 망명했다. 이 사건으로 본래 연나라의 옛 영토가 큰 혼란을 겪는 가운데 수많은 무리들이 고조선으로 이주해 왔다. 이때, 위만도 약 1천 명의 무리를 이끌고 고조선으로 망명해 왔다.

고조선의 준왕은 위만을 크게 환영하며 박사라는 관직을 내려주었다. 아울러 변방의 수비 임무를 맡겨 서쪽 1백 리

땅을 다스리게 했다. 서기전 194년, 위만은 한나라 군대가 침입한다는 구실을 내세워 준왕을 몰아냈다. 쫓겨난 준왕은 뱃길로 한반도 남부로 가서 한왕이 되었다. 위만은 스스로 왕위에 올랐고, 이때부터 고조선은 위만조선이 되었다.

위만은 옛 연나라 땅에서 망명해온 집단과 본래부터 고조선에서 살고 있던 세력을 잘 융합하는 정책을 펼쳤다. 또한, 군사력을 키우면서 주변의 진번, 임둔 세력을 하나씩 꺾어 나갔다. 위만의 손자 우거왕 대에 이르러서는 남쪽의 진국을 비롯한 주변 여러 나라가 한과 직접 교역하는 것을 막고 중계무역을 함으로써 이익을 독점하며 국력을 키웠다.

그 무렵, 한나라는 영토 확장의 야심을 키우며 점점 동쪽으로 밀고 내려왔다. 서기전 109년, 한나라는 육군과 수군을 총동원하여 고조선을 공격했다. 고조선은 온 힘을 다해 이에 맞섰지만 역부족이었다. 전쟁이 길어지자 고조선의 지배층 내부에서 균열이 생겼다. 대신 역계경은 화친을 주장했다. 왕이 거부하자, 휘하의 무리 2천여 호를 이끌고 남쪽의 진국으로 망명했다. 다른 많은 중신들도 한나라에 투항했다.

전세가 기우는 대혼란 속에 우거왕이 부하들에게 살해되

었다. 왕의 큰아들 장은 한나라 군에 스스로 가서 항복을 했다. 성안에는 대신 성기가 홀로 남아 백성들과 더불어 끝까지 싸웠다. 서기전 108년, 왕검성은 끝내 함락되었다. 왕검성을 차지한 한나라는 고조선의 영토에 낙랑, 임둔, 현도, 진번 등 4군을 설치했다. 나라가 망한 뒤 고조선 사람들은 남쪽으로 뿔뿔이 흩어져 갔다.

고조선은 비파형 동검을 사용하는 등 청동기 문화를 바탕 삼아 뛰어난 철기문화를 발전시켰다. 사방 2천여 리의 땅을 다스렸으며 중국 연나라와 대립할 만큼 국력이 컸다. 막강한 군사력을 바탕으로 요동과 한반도 서북부 지역에 세력을 떨쳤다. 우리 겨레 최초의 고대국가인 고조선은 언제나 우리 역사의 맨 첫 장에 우뚝 서 있다.

부여의 건국과 발전

북부여(北扶餘)는 첫 부여국이다. 예맥족의 국가인 부여는 고조선 다음으로 우리나라 역사상 두 번째로 등장하는 나라이다. 부여의 건국 시기는 대략 서기전 2~4세기경으로 추정하고 있다. 부여에 대한 확실한 기록이 나타나기 시작한 것은 서기전 4세기경의 일이었다. 『산해경』과 사마천이

지은 『사기(史記)』권129 「화식열전(貨殖列傳)」에 부여가 연나라의 북쪽에 위치한 나라로 기술되어 있는 것을 보면 늦어도 서기전 2세기 무렵에는 부여가 성립된 것으로 보인다.

부여의 건국설화에 대한 기록은 두 가지로 나뉜다. 한국측 기록으로는 『삼국사기』, 『삼국유사』, 『동명왕편』 등이 있고, 중국측 기록으로는 『논형』, 『위략』, 『수신기』, 『신론(新論)』, 『후한서』, 『양서(梁書)』, 『수서(隋書)』, 『북사(北史)』, 『법원주림』 등이 있다.

고구려의 뿌리가 되는 부여는 서기전 2세기경 북만주 송화강 유역에 세워진 예맥족의 국가이다. 넓은 들과 평야가 펼쳐진 송화강 유역은 농사짓기에 알맞았다. 그뿐만 아니라 목축하기에도 좋은 조건을 갖춘 곳이었다. 이 같은 목축으로 인해 부여에서는 훌륭한 말과 질 좋은 모피가 특산물로 생산되었다.

부여는 이미 1세기 초에 왕의 호칭을 사용했지만 강력한 왕권 중심 사회는 아니었다. 왕 밑에 마가, 우가, 저가, 구가 등의 관리를 둔 일종의 연맹왕국이었다. 이들 가(加)는 사출도를 다스리는 족장이었다. 마가는 말, 우가는 소, 저가는 돼지, 구가는 개 등 가축의 이름을 본떠서 만든 벼슬이었다. 부여는 전국을 5부 체제로 나누었다. 왕이 직접 다스리는 중앙과 가가 다스리는 4개의 사출도로 이루어져 있었다.

네 개의 가들은 왕을 추대했지만, 가뭄이나 홍수가 발생해 백성들이 심한 어려움에 처할 때는 왕을 갈아 치울 수도 있었다. 이 때문에 왕의 권한은 약한 편이었다. 부여에도 법이 있었지만, 현재 남아 있는 것은 4조목이 전해진다. '살인한 사람은 죽이고, 그 가족은 노비로 삼는다.', '도둑질한 자는 12배로 갚아야 한다.', '간음한 자나 투기가 심한 부인은 모두 죽인다.' 등 그 내용은 고조선의 '범금(犯禁) 8조'와 비슷하다. 이 조항으로 미루어, 부여는 한 사람의 남편이 여러 명의 아내를 둔 일부다처제 사회였음을 알 수 있다.

부여에서는 해마다 12월에 영고라는 축제를 거행하였다. 영고는 하늘에 제사를 지내는 제천 행사였다. 추수를 끝낸 뒤 하늘에 감사를 드리면서 축제를 즐겼다. 사람들은 며칠 동안 먹고 마시며 춤을 추었다. 이때에는 왕이 죄인들을 풀어주었다. 전쟁이 일어났을 때는 소를 죽여서 그 굽으로 앞날을 점치는 점복 문화가 일상화되어 있었다.

부여는 서쪽의 오환, 선비와 마주했고 동쪽의 읍루와 국경을 맞대었다. 서남쪽으로는 요동의 중국 세력과 대치했고, 남쪽에는 고구려와 맞닿아 있었다. 3세기경을 전후해서 국토의 넓이가 사방 2천여 리에 달했다.

부여 사람들은 흰옷을 즐겨 입었고 사람이 죽으면 5일장을 치렀다. 혼인할 때에는 남자 쪽 집에서 여자 쪽 집에 소와 말을 보내었다. 형이 죽으면 동생이 형수를 아내로 맞이하는 취수혼이 성행했다. 이런 풍습은 고구려에도 이어졌다.

부여는 3세기 후반 들어 잦은 외침에 시달렸다. 서기 285년 선비족 모용씨가 쳐들어와 수도를 함락시키고 1만여 명의 포로를 사로잡아 갔다. 이때 부여의 국왕 의려가 자살했다. 서기 346년에는 선비족 모용씨가 세운 전연의 공격을 받고 국왕 현을 비롯해 5만여 명이 포로로 끌려갔다. 급격히 쇠퇴의 길을 걷던 부여는 서기 494년(문자왕 3년) 고구려에 복속되었다.

부여는 고조선의 유구한 역사와 예맥족의 전통을 이어받은 또 다른 동북아시아의 강자였다. 또한, 고구려를 세운 주몽을 청년 시절까지 키운 요람이기도 했다. 하지만, 중국은 수십 년 전부터 '동북공정'이라는 역사 왜곡 작업을 하면서 우리 고대사를 중국사 속에 집어넣고 있는 실정이다. 분하고 안타깝지만, 그럴수록 우리는 유물과 자료를 통해 그

흔적을 치열하게 더듬고 연구해야 한다. 그리하여, 우리 역사의 두 번째 장에 부여의 본 모습을 더 알차게 채워 넣어야 할 것이다.

고구려의 건국과 발전

우리나라 고대사에서 가장 광활한 영토를 확보하였던 고구려 건국에 대한 기록은 「광개토왕릉비문」, 「모두루묘지명문」, 『삼국사기』, 『동명왕편』, 『삼국유사』 등에 보인다. 「광개토왕릉비문」의 서두에 "옛날 시조 추모왕이 기업을 창건하시었도다. 북부여에서 나오셨으며 천제의 아들이시고, 어머니는 하백의 따님이시다. 알을 가르고 사람으로 태어나셨으며, 태어나시면서부터 성스러움을 지니고 있었다."라고 기록되어 있다. 추모왕, 즉 주몽이 하늘의 주재자인 천제의 아들이고 하백의 딸을 어머니로 하고 있다는 것을 밝히고 있다. 그리고 『삼국사기』에는 고구려는 압록강의 물줄기인 동가강(佟佳江, 지금의 훈강) 유역 졸본에 주몽이 서기전 37년 건국한 나라로 기록되어 있다.

제2대 유리왕은 도읍을 졸본에서 국내성으로 옮기고, 주변의 작은 나라들을 정복하여 5부족을 중심으로 한 연맹왕국을 이루었다. 초기의 정치 제도는 여러 개의 권력 구조를 가지고 있었다. 5부의 독자적인 세력이 국가의 중심을 이루었고, 각 부 밑에 있는 부내부 또한 독자적인 성격을 지녔다.

5부족은 소노부, 계루부, 절노부, 관노부, 순노부이다. 맨 처음에는 소노부가 가장 세력이 커서 왕위를 계승했다. 그러다가 6대 태조왕 대에 이르러 계루부의 고씨가 왕위를 계승했고, 절노부는 왕실과의 혼인을 통해 왕비족으로 고착되었다. 이후 소노부, 계루부, 절노부의 대가는 고추가라고도 불렸다. 이들은 모두 막강한 세력을 지닌 귀족 집단이었다.

제9대 고국천왕은 왕위 계승 형태를 형제상속제에서 부자상속제로 바꾸었고, 5부의 행정 구역을 설정해 왕권 강화에 힘썼다. 지방 행정 구역 또한 5부로 나누었고, 각 부 밑에 여러 성을 두었다. 각 부의 우두머리를 욕살이라고 했으며, 성주를 처려근지 또는 도사라 이름 지었다.

제15대 미천왕 때 낙랑군과 대방군을 정복, 한반도에서 한사군 세력을 완전히 쫓아내어 고조선 옛 땅을 회복했다. 제17대 소수림왕은 국가 체제를 정비하고 왕권을 강화했다. 이 시대에 불교를 받아들였고 태학과 경당을 두어 교육

에도 힘썼다. 또한, 율령을 반포하여 국가의 기본적인 법체제를 마련했다. 제19대 광개토대왕은 남쪽으로 한강 이북까지 진출했고, 요동 지방을 완전히 장악하여 만주와 한반도 북부를 아우르는 대제국을 이루었다. 제20대 장수왕은 도읍을 국내성에서 평양성으로 옮기고 백제와 신라를 압박하면서 가장 강력한 전성기를 누렸다.

고구려는 수나라와 당나라의 침입을 연달아 물리치면서 동북아시아의 맹주로서의 위상을 떨쳤다. 이후, 거듭된 전쟁과 귀족들 사이의 내분으로 힘을 잃은 뒤, 서기 668년 나당 연합군에 의해 멸망했다. 그러나, 우리는 서기 645년 당나라 태종의 50만 대군을 당당히 물리친 안시성 싸움의 영웅들을 결코 잊어서는 안 된다. 성주 양만춘과 함께 온 힘을 다해 싸웠던 성안의 백성과 군사들을, 그들의 넘치는 기백을 말이다. 고난 속에서 우리 민족이 어떻게 불굴의 의지를 떨쳤는지, 성 안의 관(官)과 군(軍)과 민(民)이 어떻게 똘똘 뭉쳐 외적을 물리쳤는지를 잊지 않을 때, 고구려는 우리 마음속에서 영원히 살아 있을 것이다.

고주몽 연보

서기전 59년	북부여 건국.
서기전 58년	동부여에서 주몽 태어남.
서기전 37년(동명왕 1년)	졸본에서 고구려 건국, 주몽왕 즉위.
서기전 36년(동명왕 2년)	비류국왕 송양, 항복.
서기전 34년(동명왕 4년)	성곽과 궁실을 지음.
서기전 32년(동명왕 6년)	오이와 부분노를 보내 행인국을 정벌하고 성읍(城邑)으로 삼음.
서기전 28년(동명왕 10년)	북옥저를 정벌하고 성읍으로 삼음.
서기전 24년(동명왕 14년)	유화부인, 동부여에서 사망.
서기전 19년(동명왕 19년)	주몽왕 사망. 시호를 동명성왕이라 함. 태자 유리가 졸본에서 즉위함.
서기전 18년(유리왕 2년)	다물후 송양의 딸을 왕비로 맞이함.
서기전 17년(유리왕 3년)	골천에 이궁을 지음 왕비 송씨 사망. 유리왕이 골천 사람의 딸 화희

와 한나라 사람의 딸 치희를 왕비로 맞이함.

서기 3년(유리왕 9년)	국내성으로 천도(遷都).
서기 4년(유리왕 10년)	왕자 해명을 태자로 삼음.
서기 8년(유리왕 14년)	왕태자 해명이 황룡국왕과 상견함.
서기 9년(유리왕 15년)	부여 대소왕, 고구려에 항복을 권유하였으나 거절함.
서기 13년(유리왕 19년)	부여가 침공하자, 왕자 무휼이 학반령(鶴盤嶺)에서 격퇴함.
서기 14년(유리왕 20년)	무휼(無恤)을 태자로 삼고 국사(國事)를 맡김.

소설 고주몽을 전후한 한국사 연표

약70만년 전   구석기문화가 형성됨.

서기전 6000년경   신석기문화가 형성됨.

서기전 2333년   단군왕검이 아사달에 도읍.

서기전 1122년   고조선, 8조의 법금(法禁)을 제정.

서기전 1000년경 청동기시대 시작됨.

서기전 300년경   철기 문화의 보급.

서기전 194년   위만, 고조선의 왕이 됨.

서기전 108년   고조선 멸망. 한나라 무제, 고조선의 옛
               땅에 한사군을 설치함.

서기전 107년   금속문화 전래. 「공후인」완성됨.

서기전 59년   해모수, 북부여를 건국.

서기전 57년   신라 건국. 혁거세거서간이 왕위에 오름.

서기전 37년   고주몽, 고구려를 건국.

서기전 19년   고구려, 주몽왕 사망하고, 신라 유리왕 즉
               위함.

서기전 18년   온조, 백제를 건국.

서기전 9년	고구려, 선비족을 공격해 항복 받아냄.
서기전 8년	고구려, 부여의 침공을 물리침.
서기 3년	고구려, 졸본에서 국내성으로 도읍을 옮김. 위나암성을 쌓음.
서기 4년	신라, 박혁거세 거서간 사망하고 남해 차차웅 즉위함. 금성에 쳐들어온 낙랑 군사들을 물리침.
서기 6년	신라, 시조 박혁거세 사당을 세움.
서기 12년	고구려, 흉노 정벌에 자원군을 보내는 문제로 중국 신나라와 큰 분쟁을 빚음.
서기 13년	고구려, 왕자 무휼이 부여의 침입을 압록강 유역에서 물리침.
서기 14년	고구려, 한의 고구려현을 쳐서 빼앗음.
서기 18년	고구려, 유리왕 사망하고 대무신왕 즉위함.
서기 20년	고구려, 3월, 동명성왕 사당을 세움. 부여가 사신을 보내옴.
서기 22년	고구려, 부여에 쳐들어가 대소왕을 죽임.
서기 42년	김수로, 가락국(금관가야)을 건국. 「구지가」 지어짐.
서기 53년	고구려 태조왕, 왕위에 오름.